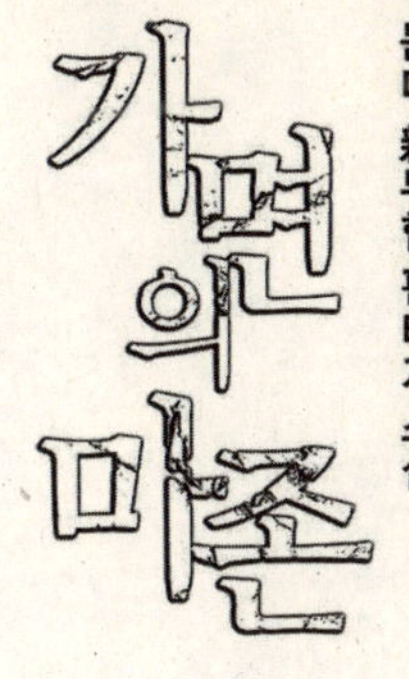

눈매 新무협 판타지 소설
FANTASTIC ORIENTAL HEROES
가련의 마존

가면의 마존 1

눈매 新무협 판타지 소설

초판 1쇄 찍은 날 § 2013년 6월 18일
초판 1쇄 펴낸 날 § 2013년 6월 25일

지은이 § 눈매
펴낸이 § 서경석

편집부장 § 권태완
편집책임 § 박은정
디자인 § 이거일

펴낸곳 § 도서출판 청어람
등록번호 § 제1081-1-89호
등록일자 § 1999. 5. 31
어람번호 § 제2-2349호

주소 § 경기도 부천시 원미구 심곡2동 163-2 서경B/D 3F (우) 420-822
전화 § 032-656-4452 팩스 § 032-656-4453
http://www.chungeoram.com
E-mail § chungeorambook@daum.net

ⓒ 눈매, 2013

ISBN 978-89-251-3325-6 04810
ISBN 978-89-251-3324-9 (세트)

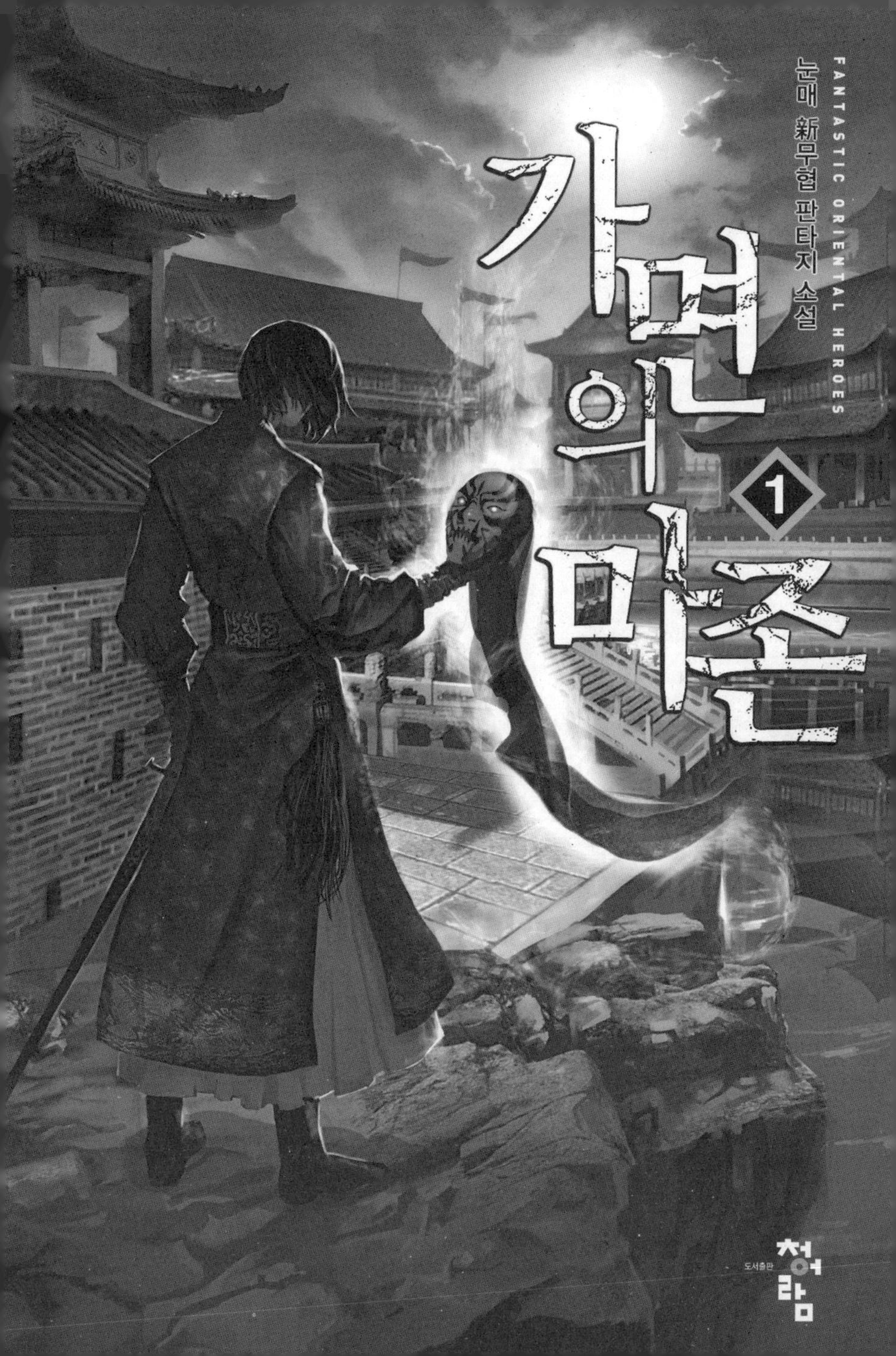

눈매 新무협 판타지 소설
FANTASTIC ORIENTAL HEROES
가면의 미혼
1
도서출판 청어람

目次

序

　궁전은 어둡고 음산했다.

　칙칙한 바닥에 길게 깔린 융단은 높은 단상까지 이어졌다. 단상 위에는 회색빛 보좌가 구름처럼 놓여 있었고, 거기에는 존엄한 존재가 활화산처럼 버티고 있었다.

　용광로처럼 붉은 얼굴과 쇠갈고리처럼 날카롭게 찢어진 눈매, 눈처럼 하얀 머리카락. 긴 눈썹과 수염이 유유히 넘실거리고 전신에서 미증유의 기운이 아지랑이처럼 피어오르니 그야말로 화산이 타오르는 듯했다.

　염라대왕(閻羅大王).

　그가 바로 죽은 자들의 왕이자 염라국의 통솔자, 염마왕(閻摩王)이다.

그는 단상 앞에 부복한 채 머리를 조아리는 일직사자(日直使者) 구혼백(勾魂魄)을 무섭게 쏘아보았다. 그러다 그 앞에 널브러진 시체 한 구로 시선을 옮겼다.

"어찌 된 일인가? 어찌 타다 만 시체가 이곳에 있는가?"

천둥 같은 목소리가 궁전에 쩌렁쩌렁 울렸다.

구혼백은 더욱 깊이 머리를 조아리며 가까스로 답했다.

"그것이… 이자는 본래 벼락에 맞아 죽을 운명이었사오나… 아무리 시체를 뒤져 봐도 혼이 보이질 않아서……."

"그래서 지상에 있어야 할 시체는 염라국까지 들고 오고, 혼은 잃어버렸다?"

"그, 그렇사옵니다."

따앙!

염라대왕이 곤봉으로 보좌를 내려쳤다. 육중한 타격음이 귀청을 찢을 듯 울렸다. 좌우에 시립하고 선 보좌관들이 안절부절못하며 눈치를 살폈다.

"어찌 그런 일이 일어난단 말인가!"

"그, 그것이… 이자는 혈마교의 창시자 혈마존이라는 인물이온데 그가 익힌 마공이 입신의 경지에 이르렀다 하옵니다. 아마도 그 능력으로 죽음을 거부한 것이 아닌지……."

"한심한지고! 일직사자가 되어서 한낱 인간의 혼백을 당해 내지 못했단 말인가? 해서 이자의 혼백은 아직도 찾지 못했단 말인가?"

그러자 염라대왕 좌편에 시립한 주사빙 판관이 조심스럽게 한 걸음 나섰다.

"영혼을 찾긴 했으나 약간의 문제가 있사옵니다."

"문제라 하면?"

"영혼이 다른 차원계에서 발견됐사옵니다."

"다른 차원계에서? 하면 그 차원계에 협조를 구하고 영혼을 이리로 데려오면 될 게 아닌가?"

"하오나 일이… 그렇게 가볍지가 않사옵니다."

염라대왕이 이맛살을 찌푸렸다.

"주사빙 판관은 알아듣게 고하라!"

"아뢰옵기 송구하오나… 혈마존의 영혼이 그쪽 세계의 살아 있는 청년의 몸에 들어가 버렸사옵니다."

"살아 있는 청년이라니?"

"레온이라는 청년이온데 같은 시간 그 청년도 벼락을 맞았다 하옵니다."

"그럼 그 청년의 영혼은 어찌 됐단 말인가?"

"그 청년의 영혼은 죽을 운명이 아니었음에도 그쪽 저승계에 올라왔다 하옵니다. 해서 그쪽 저승계에서도 생사자(生死者)의 수치가 맞지 않아 여간 골치 아픈 일이 아니라고……."

염라대왕이 눈을 지그시 감았다.

"흐음, 정리해서 다시 보고해 보게."

"예, 대왕마마. 그럼 보고 올리겠사옵니다."

주사빙 판관이 목을 가다듬고 말을 이었다.

"중원에서 혈마공을 극한으로 익혀 혈마존이라 불리는 대마두가 싸움 도중 벼락을 맞아 죽었습니다. 아니, 죽어야 했습니다. 하나 그의 영혼은 일직사자를 피해 다른 차원으로 넘어갔고, 그곳에서 레온이라는 청년의 몸속에 깃들어 버렸지요. 또 레온이라는 청년의 영혼은 그곳 저승으로 올라갔습니다."

"그럼 그쪽 저승에서는 이번 일을 어떻게 처리하겠다든가?"

"그쪽에서 우리에게 한 가지 제안을 해왔습니다."

"제안이라?"

"그… 레온이라는 청년의 영혼을 혈마존의 몸에 집어넣고 다시 지상으로 돌려보내는 것이 어떻겠냐고……."

염라대왕이 혀를 찼다.

"말이 되는 소릴 해야지! 혈마존은 이미 다 늙었는데, 한창 팔팔한 청년의 영혼을 집어넣자니?"

"하나 혈마존은 마공을 극한까지 익힌 대마두이옵니다. 자연사를 하기에는 많은 시간이 남아 있지요. 그리고 이쪽도 생사자의 수치를 맞출 수 있고, 그쪽에서도 수치를 맞출 수 있으니 가히 나쁘지만은 않다고 생각되옵니다. 또한 레온이라는 청년 역시 아직 죽을 운명이 아니니 형평성에 있어서도 가장 무난하다고 사료되옵니다."

"아무리 그래도 레온이라는 그 아이에게 갑자기 늙은 육신을 주면 불공평하지 않은가?"

"해서 혈마존의 외모를 젊은 시절로 돌려놓는 것을 고려 중입니다. 혈마존은 생전에 변검술을 익혀 외모를 바꾸는 재능이 출중합니다. 또한 수라천변공(修羅千變攻)을 익혀 외모를 자주 바꾸곤 했으니 큰 무리는 없을 것입니다."

"흐음."

염라대왕이 곤봉을 매만졌다.

"만약 그렇게 하면 레온이라는 아이의 기억은 모조리 지워야겠군."

"그렇사옵니다."

"혈마존과 레온이 서로 살아온 과정은 비슷한가?"

"그것이… 전혀 다르옵니다."

"전혀 다르다?"

"먼저 혈마존에 대해 말씀 올리자면, 어려서부터 온갖 고생을 다하고 숱한 배신을 겪어 사람을 믿지 않습니다. 오로지 세상에 복수하기 위해 악에 받쳐 마공을 익히고 천하제일의 악인이 됐습니다. 이후 혈마교를 창설하여 교주가 됐지요. 그는 여자와 아이조차도 잔인하게 도륙하여 중원을 피로 물들였습니다. 중원에서는 그의 별호를 들으면 우는 아이도 울음을 그친다 하옵니다."

"하면 레온은 어떠한가?"

"레온은 고아로 자랐습니다만 성정이 온화하고 착합니다. 복이 많아 주위에도 착한 사람들만 가득했습니다. 성실하고 겸손하며 마음도 여린 청년입니다."

"흐음. 만약 혈마존이 깨어나면 전혀 다른 인간이 되겠군."

"그렇사옵니다. 하나 저승계의 질서를 유지하기 위해서는 어쩔 수 없는 일. 선택을 하셔야 하옵니다, 대왕마마."

염라대왕은 길게 한숨을 내쉬었다.

주사빙 판관의 말대로 선택의 여지가 없었다. 만약 영혼 하나가 비어 있는 채로 놔두면 저승계의 질서는 무너지고 만다. 이 작은 틈은 더 큰 재앙을 불러올지도 몰랐다. 어떤 수단을 쓰든 그것만은 막아야 했다.

염라대왕이 무겁게 입을 열었다.

"할 수 없지. 레온의 영혼을 데려와서 기억을 지우게. 그리고 혈마존의 시체에 집어넣고 지상으로 돌려보내라."

"명 받들겠습니다, 대왕마마."

주사빙 판관이 한 걸음 물러서자 염라대왕이 무시무시한 눈길로 구혼백을 노려보았다.

"구혼백은 듣거라."

"예, 대왕마마."

"그대는 임무를 다하지 못했으니 앞으로 삼천 년 동안 일직사자의 직위에서 물러나 염화지옥 간수식을 밑도록 하라."

"명 받들겠습니다, 대왕마마."

구혼백은 깊이 머리를 조아렸다.

第一章
교주, 눈을 뜨다

천천히 눈을 떴다.

희뿌연 연기 너머로 보이는 거뭇한 천장.

감각이 돌아오자 제일 먼저 느낀 것은 어둑한 방 안을 가득 메운 짙은 약향이었다. 알싸한 향이 몹시 독했지만 이상하게 머리는 점점 맑아졌다.

나는 두어 번 눈을 끔뻑이고 옆을 돌아보았다.

회색의 장포를 입은 노인이 앉은 채 꾸벅꾸벅 졸고 있었다. 아마도 그가 나를 계속 보살펴 준 모양이다.

그런데… 누구지?

"저어… 저기요?"

내 부름에 노인이 움찔 놀라며 주위를 두리번거렸다. 애초에 내가 불렀을 거라는 것은 염두에 두지도 않은 행동.

나는 다시 목소리를 쥐어짰다.

"저기요!"

그러자 뒤쪽을 바라보던 그가 흠칫 굳었다. 그는 마치 목각 인형처럼 뻣뻣하게 고개를 돌렸다. 이윽고 그의 시선이 나와 정확히 마주쳤다.

"으헉! 교, 교주님?"

노인이 펄쩍 뛰어올랐다.

사람이 앉은 상태에서 저렇게 높이 튀어오를 수 있다니.

놀라운 일은 그뿐만이 아니다.

그가 곧바로 엎드리더니 울음을 터뜨리는 것이 아닌가?

"교주님! 깨어나셨군요! 으흐흑! 천만다행이십니다!"

교주… 라니?

도대체 누굴 보고 하는 말이지? 설마 나보고 하는 말?

나는 주위를 둘러보았다. 방에는 나밖에 없었다.

척 보기에도 할아버지뻘 되는 노인이 내게 이처럼 깍듯하니 몸 둘 바를 몰랐다.

아무래도 사람을 잘못 본 모양이다.

"저어… 뭔가 착각하신 것 같은데요. 전 교주가 아닙니다. 전… 저는……."

말을 꺼내던 나는 멍한 표정을 지었다.

가만… 나는 누구지?

내가 누구였더라?

그러고 보니 여긴 어디야?

내가 왜 여기에 누워 있지?

오늘이 언제지?

갑자기 수만 가지 의문이 떠오르면서 극심한 두통이 밀려왔다.

"으윽."

신음을 흘리며 인상을 찌푸리는데 노인이 뜨악한 표정으로 내게 물었다.

"교, 교주님. 교주님이 아니라니요? 그게 무슨 말씀이십니까? 설마 저를 못 알아보시겠습니까?"

그는 흡사 귀신이라도 본 것처럼 당황한 표정이었다.

하지만 나는 대꾸도 못한 채 두통 속에서 멀어져 가는 의식을 놓고 말았다.

아마 지금의 내 표정도 이 노인과 별로 다르지 않을 거라고 생각하면서…….

중원 천지를 피로 물들였던 희대의 악마 혈마존.

그가 기적처럼 깨어났다.

40년이나 더 젊어진 모습으로.

*　　　*　　　*

길게 이어진 낭하를 따라 네 사람이 바삐 걸음을 옮겼다.

　가장 앞장서서 걷는 사람은 키가 작달막한 노인이었는데, 바로 혈마존이 깨어날 당시 옆에 있었던 천독마(千毒魔) 요타(料打)였다. 그는 혈마교 내에서 가장 의술이 뛰어난 자였다.

　그 뒤를 아름다운 여인이 따랐다. 흑단처럼 곱게 흘러내린 머리카락, 빙옥처럼 반짝이는 눈동자, 백설처럼 하얀 피부, 부드러운 굴곡을 이루는 육감적인 몸매. 그야말로 하늘에서 떨어진 듯한 여인.

　이지적이면서도 차가운 그녀의 얼굴은 범부가 쉽게 근접할 수 없는 뭔가를 품고 있었다. 실제 누구라도 그녀에게 함부로 수작질을 걸었다가는 목이 제자리에 붙어 있기 힘들 것이다.

　그녀가 바로 혈마교의 총군사이자 밀선당(密線堂)의 당주인 천지마화(千知魔花) 초비향(楚秘香)이었다.

　그녀의 뒤를 바짝 쫓는 노인은 경천검(驚天劍)이라는 별호로 세간을 떨게 만든 허종악(許悰樂). 그는 개파 원로로 혈마교주와는 각별한 사이다.

　마지막으로 희미한 눈썹에 차가운 표정이 인상적인 젊은 사내, 비혈대주(秘血隊主) 추검수(秋劍手)가 뒤를 따랐다. 궁주나 원주도 아닌, 일개 대주에 불과한 그가 어찌 이들과 함께 가는 것일까?

　이유는 간단하다.

　그가 교주의 절대적인 충복이기 때문이다.

　“정말 교주님의 의식이 돌아왔단 말인가요?”

　초비향의 목소리에 앞장 선 요타가 고개를 끄덕였다.

“그렇네. 다만 한 가지 문제가 있는 듯하이.”

“문제라니요?”

초비향이 걸음을 바삐 옮기면서도 미간을 곱게 찡그렸다.

요타가 한숨을 길게 내쉬었다.

“일단 교주님을 뵈면 알 것이네.”

요타를 제외한 나머지 세 사람은 실로 오랜만에 혈마존의 침소를 찾는 것이다.

수개월 동안 실종되었던 혈마존이 한 달 전 엉뚱한 곳에서 발견되어 총타로 옮겨졌다. 이후 요타는 누구도 교주의 침소에 접근하지 못하게 했다. 오로지 교주의 호신위 수라십팔조(修羅十八組)만이 침소에 은신할 수 있었다.

문득 허종악이 물었다.

“한데 교주께서 반로환동했다는 소문이 정말이오?”

“그렇습니다. 현재 교주님은 이십대 후반이나 삼십대 초반으로 보일 정도지요.”

“허어, 혈마공의 극의를 깨치면 번개를 맞고도 반로환동을 하는군.”

허종악이 감탄한 듯 고개를 절레절레 내둘렀다.

사실 새카맣게 탄 혈마존이 발견되었을 당시만 해도 혈마인들은 모두 그가 살아나지 못할 것이라 여겼다.

한데 요타가 보살피기 시작하면서 혈마존의 증세가 급격히 호전되고 있다는 소문이 돌기 시작했다. 이윽고 혈마존이 점점 젊어지고 있다는 말까지 떠돌았다.

사람들 대부분은 그 말을 믿지 않았다.

차기 교주의 자리를 놓고 벌어지는 교내 암투를 막기 위해 누군가 일부러 퍼뜨린 헛소문이리라 생각했다.

한데 요타가 지금 증언했다.

이제 그 모습을 직접 눈으로 볼 수 있으리라.

'반로환동하신 교주가 깨어났다면 이보다 다행한 일도 없을 터. 한데 뭐가 문제라는 건지……'

허종악이 생각하는 사이, 네 사람이 방문 앞에 다다랐다.

그들 모두의 표정에 흥분과 기대, 우려와 걱정이 묘하게 뒤섞였다.

요타가 심호흡을 하더니 문을 힘껏 열었다.

그곳에는 싸늘한 인상의 청년이 우두커니 서 있었다.

바로 혈마존이었다.

"이럴 수가! 그럼… 아무것도 기억 못하신단 말이에요?"

초비향이 경악한 표정으로 요타를 돌아보았다. 다른 사람들 역시 요타의 입만 초조하게 응시했다.

요타가 침중한 표정으로 고개를 끄덕였다.

"그런 것 같네."

"허! 어찌 그런 일이!"

허종악이 무릎을 탁 치며 탄식했다.

그는 아직도 어리둥절한 표정으로 서 있는 혈마존을 보았다.

확실히 젊어졌다.

백발의 대마두라고도 불린 혈마존을 떠올린다면 지금 검은 머리의 이 청년은 전혀 다른 사람 같다.

하지만 분명 이목구비에서 혈마존의 얼굴이 보인다. 더구나 차갑게 가라앉은 저 눈. 혈마존이 아니면 절대 보이지 못할 눈동자다.

반로환동이 사실인 것이다.

"교주, 내가 기억나지 않으시오?"

혈마존에게 하오체를 쓸 수 있는 몇 안 되는 인물 중 한 명인 허종악은 혈마존과 막역한 사이다. 그는 혈마존이 무림의 공적이 되어 쫓기던 시절부터 인연이 닿아 있었다. 이 년 전 그는 혈마교 일선에서 돌연 물러나 원로가 됐지만, 여전히 교주와는 각별했다.

하나 혈마존은 어리둥절한 표정으로 그를 보았다.

'도대체 이 노인이 누군데 이러지?

혈마존은 그 나름대로 곤욕이었다.

이제 겨우 의식이 다시 돌아와 안정을 취하나 싶었다.

한데 갑자기 방문이 열리더니 생전 처음 보는 네 사람이 들어왔다. 그중 옥빛 무복을 입은 여인은 눈이 번쩍 뜨일 정도로 아름다웠다.

문제는 그 직후.

그들은 자신을 보더니 금방이라도 눈물을 뚝뚝 흘릴 것 같은 표정으로 넙죽 엎드렸다. 오체투지하며 부복한 그들이 일제히 '교주님을 뵙습니다!' 하고 소리칠 때까지만 해도 사람들이 자신을 놀리는 줄만 알았다.

하지만 시간이 흐르면서 이들이 진심이라는 것을 깨달았다.

'이, 이 사람들! 말도 안 되는 착각을 하고 있잖아! 내가 교주라니?

그는 도무지 정신을 차릴 수 없었다.

사실 그로서는 교주는커녕 자신이 입고 있는 옷과 침소 심지어 말투와 억양까지 모두 생소했다. 오히려 이들의 말을 모두 알아듣는다는 것이 신기할 정도였다.

사실 그런 느낌이 드는 것은 당연했다.

그의 몸은 비록 젊은 혈마존이지만, 그의 영혼은 머나먼 이계에서 건너온 레온이었으니까.

물론 염라계에서 기억이 지워진 레온은 이러한 사정을 알수 없었고, 그저 까닭 모를 이질감만 느낄 뿐이었다.

레온이 그러거나 말거나 사람들은 이미 그를 교주라고 믿어 의심치 않았다.

다만 기억을 잃었다는 사실이 상당히 충격인 듯 하나같이 어두운 표정이었다.

수개월 전 혈마존이 정파의 명숙들과 사투를 벌이다 사라졌을 때, 혈마교는 일대 혼란에 휩싸였다.

자연히 절대자의 빈자리를 노리는 이들이 생겨났다. 공공연한 암투가 벌어졌고, 그러는 사이 원주(院主) 한 명과 당주(堂主) 두 명이 죽었다.

교주의 자리를 노리는 자들 중 가장 위험한 자는 당연 부교주 좌천패(左天覇)였다.

만약 그가 교주의 기억상실을 알기라도 한다면……?

'절대 안 될 말!'

초비향은 고개를 내저었다.

그녀가 모두에게 다짐을 받아내듯 말했다.

"이렇게 된 이상 교주님이 기억을 잃었다는 사실은 절대적으로 비밀입니다."

"물론이지! 그렇잖아도 역도의 무리들이 호시탐탐 기회만 엿보는 판국인데. 절대 이 사실을 알려선 안 돼!"

"저 또한 명심하겠습니다."

허종악과 추검수가 차례로 대답했다.

그때 요타가 물었다.

"교주님께서 깨어났다는 사실은 알려야 하지 않겠나?"

"그건 알립니다. 괜히 숨겼다가 나중에 알게 되면 오히려 의심만 사게 될 거예요."

"그럼 혈마 총회를 요구할 텐데……."

혈마 총회.

교주가 주관하는 총회를 말한다.

그런 만큼 당연히 교주가 총회에서 모습을 드러내야 한다. 여러 안건에 대해 보고가 올라올 것이고, 교주는 적절하게 지시를 내려야 한다.

기억을 잃은 혈마존에게는 그것이 첫 시험대가 되리라.

초비향이 고개를 끄덕였다.

"교주님이 건재하다는 사실을 만인에게 알리기 위해서라도 총회는 열어야 해요. 어차피 정해진 수순이죠. 총회는 이쪽에서도 필요한 절차입니다."

한편 한쪽에서 가만히 듣고만 있던 레온은 사람들의 이야기가 생소하기 짝이 없었다. 자신이 교주라는 것도 낯설기만 한데 역도의 무리는 무엇이고, 총회는 또 뭐란 말인가?

"잠깐만요!"

혈마존의 모습을 한 레온의 외침에 네 사람이 동시에 시선을 돌렸다.

"저어… 그러니까 전 여러분이 알고 있는 사람이 아닌 것 같습니다. 아무래도 다른 사람이랑 절 착각하신 모양입니다."

그러자 요타가 갑자기 부복하며 바닥에 머리를 쿵 찧었다.

"으흐흑! 교주님! 이게 다 제 부족함 때문입니다! 지금은 많은 것이 혼란스럽겠지만 시간이 지나면 곧 적응이 되실 겁니다."

요타가 자책이라도 하듯 거듭 머리를 바닥에 찧어대자 레온이 얼른 손을 저었다.

"왜, 왜 이러세요? 단지 전 교주가 아니라고 말씀드리는 겁니다. 아무래도 사람을 잘못 보신 것 같다니까요!"

"교주님. 교주님은 교주님이 틀림없습니다! 교주님의 기혈을 타고 흐르는 혈마공이 그것을 증명하고 있습니다. 제가 부족하여 교주님의 기억까진 찾아드리지 못했지만, 그 사실만은 확실히 알아낼 수 있었습니다!"

레온은 입을 다물었다.

자신은 기억을 잃었다.

한데 이 사람들은 모두 자신을 알아본다.

그럼 이들의 말이 사실일지도 모른다. 단지 자신이 기억하지 못하는 것일 수도 있다. 아니, 냉정하게 따진다면 그쪽이 더 신빙성이 높다.

"휴우……."

레온이 한숨을 내쉬는데 천상의 선녀처럼 아름다운 초비향이 부드럽게 일렀다.

"교주님의 과거와 그동안의 일에 대해선 허 원로님이 자세히 설명해 드릴 겁니다."

그러자 허종악이 나서서 길고 긴 이야기를 시작했다.

레온은 경악을 금치 못했다.

그는 얼이 나간 표정으로 허종악과 추검수가 하는 얘기를 들었다. 그들의 입에서 흘러나오는 이야기는 하나같이 끔찍했다.

누굴 찢어 죽였는지, 누굴 삶아 죽였는지.

온통 때리고, 죽이고, 고문하고, 약탈하는 이야기들.

바로 혈마존의 업적이자 과거에 대한 이야기였다.

듣기만 해도 구토가 치밀어 오를 얘기를 허종악은 무척이나 자랑스럽다는 듯이 떠들어댔다.

'당신은 이처럼 잔악무도한 사람이다. 이 얼마나 훌륭한가? 그러니 자부심을 가져라!'

자신을 바라보는 네 사람의 표정이 그렇게 소리치고 있었다.

하나 레온의 표정은 시간이 지날수록 딱딱하게 굳어갔다.

'내, 내가… 그렇게 흉악한 사람이었다니! 이건 인간도 아니잖아? 완전히 괴물이잖아! 정말 그 쓰레기 같은 놈이 나란 말이야? 믿을 수가 없어!'

그나마 좋은 이야기는 무공이 천하제일이라는 점. 그리고 요리와 악기를 다루는 재주가 뛰어나다는 점. 마지막으로 변검술을 응용한 변신의 귀재라는 점이었다.

물론 레온으로서는 이러한 것들이 기억날 리가 없다.

길고 긴 얘기를 끝낸 허종악이 몸을 일으켰다.

"아직은 어수선한 기분이겠지만 시간이 해결해 주지 않겠습니까? 그럼 교주, 편히 쉬십시오."

그를 비롯한 네 사람이 허리를 굽히며 물러갔다.

그런 후에도 레온은 한참이나 멍하니 앉아 있었다.

*   *   *

레온의 건강은 하루가 다르게 호전되어 갔다.

요타는 온갖 영약과 환단을 가져와 그에게 먹였다. 어떤 것은 매우 향기롭고 맛도 좋았지만, 어떤 것은 너무 써서 입에 대기도 싫었다.

약들은 대체로 무공과 관련이 없었다.

이미 레온은 혈마존의 무공을 완전히 회복한 상태였다.

다만 아무 기억도 없으니 아무리 훌륭한 무공이 있어도 제대로 사용할 수 없다는 것이 문제.

그야말로 돼지 목에 진주 목걸이였다.

그래서 요타가 제조하는 영약들은 머리를 맑아지게 하고 기억력이 좋아지며 총기를 회복하는데 효능이 좋은 것들이었다. 운기행공을 할 필요가 없어 편리하지만, 재료를 구하기는 하늘의 별 따기보다 어려운 것들.

그럼 아무나 먹을 수 있는 약일까?

그건 아니다.

함부로 복용했다간 웬만한 강골이라도 독한 약기운을 이겨 내지 못해 자칫 목숨을 잃을 수도 있었다.

"교주님, 들어가도 될까요?"

문밖에서 초비향의 청아한 목소리가 들렸다.

'윽, 올 것이 왔군.'

레온은 이맛살을 잔뜩 구겼다.

아침부터 아름다운 그녀의 얼굴을 보는 것은 나쁘지 않지만, 문제는 그녀가 빈손으로 오지 않는다는 것. 그녀가 방에 올 때면 늘 최악의 탕약만 가지고 왔다.

"휴우, 들어와."

레온이 시무룩한 목소리로 대꾸했다.

교주란 응당 하대를 해야 한다고 거듭 강조한 탓에 모든 사람에게 말을 놓고는 있지만, 아직까지 반말이 익숙하진 않았다.

초비향이 싱긋 웃으며 쟁반을 들고 들어왔다. 역시나 고약한 냄새가 방안에 진동했다. 범인이라면 자칫 질식할 수도 있을 만큼 지독한 약향이었다.

"시종을 시키면 될 텐데……."

"시종이 주는 탕약을 제대로 안 드신다는 소문이 있어서요."

초비향이 싸늘하게 웃으며 대꾸했다.

레온은 헛기침을 하고는 시선을 외면했다.

사실 지금까지 시종이 약을 들고 오면 먹는 척하고는 몰래 버린 적이 두어 번 있었다.

만약 그 약 한 사발이 평민의 반평생 생활비와 비슷하다는 것을 알았다면 그 역시 다시 한 번 생각해 보았으리라.

레온은 두려운 마음으로 초비향 앞에 다가섰다.

그가 쟁반에 놓인 약사발을 물끄러미 보았다.

'아아, 보는 것만으로 현기증이 난다.'

실제로 약향이 강해지니 레온은 머릿속이 아찔했다.

'이걸… 먹어야 한단 말인가? 이 지독하게 쓴 걸?'

레온이 문득 고개를 들었다.

"비향, 요즘 기운이 없어 보여. 일이 많이 힘들지?"

"그럴 리가요. 교주님께서 이렇게 건강하셔서서 기운이 넘칩니다."

"그, 그런가? 하지만 요즘 자꾸 뭔가 깜빡깜빡 하지 않아? 빗을 손에 들고 있으면서 찾아 헤맨다든가. 내가 듣기론 이 약이 그런 경우에 특히 좋다고……."

"그러고 보니 오늘 교주님께 탕약을 두 그릇 가져다 드리려고 했는데 깜빡했네요. 기다리시면 제가 금방 가서……."

"잘 먹겠습니다!"

레온은 망설임없이 약사발을 들고 단숨에 위장으로 부어넣었다. 진녹색의 걸쭉한 액체가 식도를 타고 꿀렁꿀렁 흘러내려갔다.

"크아아!"

레온이 오만상을 다 쓰며 몸부림을 쳤다.

"도대체 뭘 가지고 만든 거지?"

"녹혈서(綠血鼠)의 뇌와 쓸개를 넣고 각종 약초와 함께 달였다고 합니다."

"녹혈서? 그럼… 쥐?"

"네, 이번에 들어간 녀석은 팔백 년 동안 무덤에서 시체를 파먹은 영물이죠. 녀석들의 뇌와 쓸개를 특정 약초와 함께 달여 먹으면 기억력에 좋다고……."

"됐어. 알았으니까 그만……."

레온이 하얗게 질린 얼굴로 손을 내저었다. 시체를 파먹는 쥐라니. 상상만 해도 겨우 먹은 탕약이 거꾸로 치밀어 올랐다.

초비향이 희미하게 미소를 짓다 말을 이었다.

“내일 혈마 총회가 열릴 것입니다.”

“내일?”

“네.”

“혈마 총회면 내가 나가야 하는 거잖아.”

“그렇습니다.”

“내가 기억을 잃었다는 것을 사람들이 알면 안 되잖아?”

“물론 그렇죠. 하지만 이제 더 미룰 수가 없게 됐습니다.”

“그럼 내일 난 어떻게 하지?”

“내일은 제가 교주님 곁에 항상 서 있을 겁니다. 제가 전음으로 교주님께 해야 할 행동과 말들을 알려드릴 거예요.”

“그래? 그럼 다행이군.”

“앞으로 말씀하실 때는 ‘나’ 를 ‘본좌’ 라고 하셔야 합니다.”

“본좌?”

“네,”

“본좌야.”

“네?”

“왜 비향이 본좌야? 본좌가 뭔데?”

“무슨 말씀을······.”

“너를 본좌라고 부르라며?”

“아······.”

그제야 초비향이 말뜻을 알고는 오해를 풀었다.

“저를 본좌라고 부르라는 것이 아니라, 교주님 스스로를 지칭할 때 쓰실 말씀입니다. 본좌는 스스로를 높여 부르는 말이죠. 교주님은 늘 스스로 '본좌'라고 하셨으니까요."

"내가? 왜?"

"교주님은 천하에서 가장 강하신 분이니까요."

초비향이 자랑스럽다는 듯 말했다.

그녀가 말을 이었다.

"그리고 말씀을 하실 때는 위엄이 느껴지도록 조금 엄한 표
정을 짓는 것도 좋습니다."

"음… 이렇게?"

레온이 미간을 모으며 표정을 굳혔다.

원래 차가운 인상이었기에 그것만으로도 어느 정도 분위기
가 잡히는 듯했다.

"좋아요."

"또 조심해야 할 건?"

"일단은 그 정돕니다. 다른 것들은 제가 내일 전음으로 알려
드리겠습니다. 그 외의 행동이나 말은 최대한 아껴 주시기를
감히 부탁드리겠습니다."

"알았어."

초비향이 부드럽게 미소 지었다.

"교주님."

"응?"

"돌아오셔서 정말 다행이에요."

초비향이 공손히 인사를 하고 물러갔다.

레온은 침상에 벌러덩 누웠다.

마지막 비향의 미소가 머릿속에서 한참 머물렀다.

하지만… 아무리 생각해도 이 생활은 어딘지 자신과 맞지 않았다.

*　　　*　　　*

혈마 총회.

일 년에 한 번 정기적으로 열리는 정회와 더불어 혈마교에서 가장 큰 회동.

특히 교주가 직접 주관하는 총회인 만큼 특별한 사유를 제외하고는 불참자는 있을 수 없다.

때문에 이날만큼은 혈마교의 수뇌 인사들이 한자리에 모여 얼굴을 마주하는 진풍경이 펼쳐진다.

오늘도 마찬가지.

총회가 벌어지는 대청에는 팔열궁(八熱宮)과 팔한궁(八寒宮)의 열여섯 궁주, 오원(五院)의 다섯 원주를 비롯하여 주요 당주(堂主)와 각주(閣主)들이 자리해 있었고, 대청 앞의 드넓은 연무장에는 대주급 이상의 무인들이 빽빽하게 도열해 있었다.

그야말로 한 나라의 국정을 방불케 하는 일대 장관이 아닐 수 없었다.

특히 대청 안은 숨 막힐 듯한 마기로 가득했다. 어떤 이들은 노골적으로 마기를 드러내 스스로를 과시했고, 어떤 이들은 굳이 흘러나오는 마기를 감추려 들지 않았다. 물론, 그중에는 마기를 전혀 드러내지 않아서 마치 정파 무인처럼 보이는 사람도 있었다.

대청에 모인 대다수는 특히 부교주의 안색을 유심히 살폈다. 차기 교주로 가장 유리한 입지에 있었던 그가 과연 이번 총회에서 어떤 반응을 보일 것인가?

하나 부교주는 여느 때와 다름없이 차분한 표정이었다.

그때 누군가 큰 소리로 입을 열었다.

"교주님께서 의식을 회복하셨다니 참으로 다행이오. 하나 그처럼 오래 누워 계셨으니 몸을 완전히 회복하시진 못하셨을 테지요."

그는 팔열궁 중 호승궁주(黑繩宮主) 사천홍(謝穿虹)이었다. 깡마른 체구에 신경질적으로 생긴 노인이었는데, 일찌감치 부교주와 손을 맞잡은 자였다.

"하나 교주님께서 반로환동하셨다고 하지 않소? 오히려 더욱 건강해지셨을 지도 모르지 않소?"

팔한궁 중 알부타궁(頞部陀宮)의 궁주인 계자웅(桂自雄)의 말이었다.

하지만 사천홍은 그의 말을 인정하지 않았다.

"알부타궁주께서는 그 소문을 정말 믿으시오? 번개를 맞은 사람이 반로환동했다는 소리는 내 여태껏 들어본 적이 없소이다. 설혹 반로환동했다 한들, 나이만 젊어지고 무공이 회복되지 않으면 무슨 소용이 있겠소?"

"말씀을 들어보니 사 궁주께서는 마치 교주님께서 완쾌되신 것이 못마땅한 것 같소이다."

"뭐, 뭐요? 지금 나를 모함하는 거요!"

사천홍이 발끈해서 자리에서 일어났다.

그의 곁에 앉은 팔한궁의 포열궁주(炮裂宮主) 귀숙(貴淑)이 껄껄 웃으며 말렸다.

"허허, 오늘처럼 좋은 날 왜 이리들 날이 섰소? 자자, 다들 진정하시고 교주님을 기다려 봅시다."

그는 백염을 가슴까지 기른 노인이었는데, 몹시 인자한 외모가 어딘지 혈마교와는 어울리지 않았다. 성품 역시 온화하고 느긋하여 수하들이 특히 잘 따르는 인물이었다.

그는 교주의 단상에서 가장 가까운 곳에 앉은 부교주를 물끄러미 바라보았다.

부교주는 여전히 생각을 알 수 없을 만큼 무표정했다. 그것이 진정 그가 무서운 이유였다.

그때 대청 한쪽에서 우렁찬 목소리가 울렸다.

"교주님 납시오!"

대청에 앉은 수뇌 인사들이 일제히 자리에서 일어났다. 그들은 단상으로 오르는 혈마존을 보고 내심 놀라서 수군거렸다.

"세상에. 교주님께서 반로환동하셨다는 것이 사실이었군."

"확실히 건강을 회복하신 모양일세."

"교내에 한바탕 피바람이 불지나 않을지 모르겠군."

단상 위로 오른 혈마존.

그는 얼마 전 의식을 차린 레온이었다.

그의 곁에 초비향이 시립했다.

레온이 태사의에 앉자, 대청과 연무장에 모인 무인들이 일제히 무릎을 꿇으며 소리쳤다.

"무림의 지존! 마존을 뵙습니다!"

쩌렁쩌렁한 외침이 대청 지붕이 떠나갈 듯 울렸다.

레온은 이처럼 많은 사람이 자신을 왕처럼 떠받들자 어안이 벙벙할 뿐이었다.

그가 당황하여 눈만 끔뻑이는데 초비향의 전음이 들려왔다.

[편히 앉으라 하십시오.]

그제야 레온이 얼른 정신을 차리고 표정을 굳혔다.

"편히들 앉아라."

"충(忠)!"

무인들이 다시 한 목소리로 외친 후 자세를 고쳤다.

하지만 대청의 무인들이 의자에 앉는 반면, 연무장의 무인들은 여전히 시립한 자세였다.

가장 먼저 부교주가 일어나 포권하며 말했다.

"반로환동하신 것을 감축드립니다. 이리 회복하시니 본교의 큰 복입니다."

"고맙소."

[그자는 부교주 좌천패(左天覇)입니다. 증거는 없으나 교주님의 빈자리를 노리던 인물입니다. 가장 조심하셔야 할 자입

니다.]

레온은 비향의 전음을 들으면서 내심 고개를 끄덕였다.

'내가 죽기를 바라던 자란 말이지? 그런데 저렇게 뻔뻔하게 연기를 하는구나.'

부교주에 이어 주요 인사들의 형식적인 문안이 뒤를 따랐다.

레온은 그들과 적당히 대화를 나누었다. 조금 대처하기 어려운 부분이 있으면 어김없이 비향이 전음을 보내왔다. 덕분에 레온은 특별한 난관 없이 총회를 진행할 수 있었다.

사실 이제 막 의식을 회복한 레온이었기에 이번 회의는 교주의 건재함을 대내외에 알리는 자리에 지나지 않았다. 때문에 특별히 심각한 안건을 놓고 회의하는 일은 없었다.

대략의 이야기가 마무리되자 최근 대외적으로 일어난 일에 대한 보고가 이어졌다.

먼저 흑수당주(黑手堂主)가 일어나서 말했다.

"보고 드립니다. 저희 흑수당의 살천대주(殺天隊主)가 천기검(天氣劍) 조흥(朝興)을 찢어 죽였습니다. 놈의 사지를 각각 다른 곳에 버려 두었습니다."

갑자기 격한 발언이 나오자 레온은 깜짝 놀랐다.

이번에도 비향의 전음이 이어졌다.

[잘했다고 칭찬해 주십시오. 천기검 조흥은 명분을 앞세워 우리 혈마인들을 무차별 학살하던 인물입니다. 눈엣가시 같은 존재였지요.]

레온이 침을 꿀꺽 삼키고는 말했다.

"잘, 잘했다."

그러자 저 멀리 연무장에 도열해 있던 사내 중 한 명이 무릎을 꿇으며 우렁차게 소리쳤다.

"감사합니다!"

아마도 그가 살천대주인 모양이었다.

이번엔 철혈단주(鐵血團主)가 일어났다.

"보고 드립니다. 속하가 청성파(靑城派)의 도인 청기자(靑氣子)의 살가죽을 벗긴 후 모래사막에 던져 놓았습니다."

'헉!'

레온은 기겁을 했다.

사람의 살가죽을 벗겨놓고 모래사막에 던지다니. 그게 인간이 할 짓이란 말인가?

한데 초비향의 전음은 거기서 한술 더 떴다.

[훌륭하다고 하십시오. 다음에 그런 놈들은 아예 살가죽을 벗기고 소금까지 쳐서 던지라 하십시오.]

레온이 슬쩍 비향을 돌아보았다.

정말 그 말을 전해야 하는 것이냐고 묻는 것이다.

비향이 보일 듯 말 듯 고개를 끄덕였다.

레온이 별수 없이 입을 열었다.

"훌륭하다. 다음에 그런 놈들은… 그런 놈들은 아예 소금을 쳐서 먹도록!"

너무 긴장한 탓일까?

말이 꼬이고 말았다.

사람들은 경악한 표정으로 레온을 보았다.

그들이 나직이 수군거렸다.

"소금을 쳐서 먹으라니. 역시 정파 놈들에 대한 교주님의 분노가 하늘을 찌르는 모양이야."

"과연 교주님이시다. 정파 놈들을 씹어 먹으라고 하실 줄이야. 지금껏 인육을 먹으라고 하신 적은 없었건만."

결과적으로 꼬여 버린 말은 혈마존의 잔악무도함을 드높이는데 일조한 셈이 됐다.

이번엔 혈해각주(血海閣主)가 일어났다.

"보고 드립니다. 혈수대(血手隊)가 정천문(正天門)의 무인들과 맞붙었으나 전력의 절반을 잃고 대패했습니다."

처음으로 좋지 않은 소식이었다.

초비향이 전음을 보냈다.

[의자를 내려치고 화난 표정을 지으십시오.]

레온이 주먹을 들어 올려 팔걸이를 내려쳤다. 그 순간,

꽈앙!

요란한 소리가 울리면서 태사의 일부가 무참히 부서져 나갔다.

사람들 모두 경악한 표정으로 혈마존을 바라보았다.

레온 역시 깜짝 놀라고 말았다.

'내 주먹이 이렇게 셌나?

사실 아직 혈마존의 몸에 완전히 적응하지 못한 레온이 힘

을 제대로 조절하지 못한 것이다.

그러나 다른 사람에게는 혈마존이 몹시 격분한 것으로밖에 보이지 않았다. 더구나 교주의 태사의는 쉽게 부서지지 않는 재질로 만든 것이었다.

잠시 뜸하던 비향의 전음이 이어졌다.

[…패장인 혈수대주의 목을 치라고 하십시오.]

이번에도 레온은 깜짝 놀랐다.

이렇게 쉽게 사람을 죽여도 되는 건가?

하지만 비향의 표정은 단호했다.

레온이 착잡한 마음으로 입을 열었다.

"혈수대주의 목을… 쳐라."

"혈수대주는 전투 중 사망했습니다."

혈해각주의 대답에 레온은 내심 안도의 숨을 내쉬었다. 어쨌든 자신의 명으로 사람이 죽는 일은 피한 것이다.

초비향의 전음이 다시 이어졌다.

[흉수가 누군지 물어보십시오.]

"흉수는 누군가?"

"정천문주 유자령(劉子靈)의 차녀로 유소옥(劉小玉)이라는 여인입니다. 청옥검(靑玉劍)이라는 별호로 불리며 젊은 나이 답지 않게 실력이 보통이 아닙니다."

[그년을 찾아 가랑이를 찢어 죽이라고 하십시오.]

이번만큼은 레온도 뜨악한 표정으로 초비향을 바라보았다. 도무지 저 아름다운 여인이 한 말이라고는 믿어지지 않는 내용이 아닌가?

초비향이 시선을 외면하며 전음을 날렸다.

[절 보지 마시고 말씀을 하십시오!]

'맙소사, 정말 그런 말을 하란 거야?

레온이 가까스로 입을 열었다.

"그년을 찾아… 가… 가라… 가랑… 가랑…….'

혈해각주가 고개를 갸웃거렸다.

"예? 그년을 찾아 가란 말씀이신지요?"

"그, 그렇다."

레온이 얼결에 대답하고 말았다.

"알겠습니다. 그런 다음 어찌하면 되겠습니까?"

혈해각주의 물음에 레온이 난감한 표정을 짓다 대구했다.

"데려오너라."

이야기가 엉뚱한 방향으로 흐르자 초비향이 미간을 좁히며 레온을 보았다.

그런 속사정도 모른 채 혈해각주가 말을 이었다.

"그년을 생포하는 것은 쉽지 않은 일입니다. 하오나 시일이 걸리더라도 꼭 데려오겠습니다. 그년을 반쯤 죽여 데려오겠습니다."

"아니."

"예?"

"털끝하나 건드리지 말고 데려와라."

레온은 말을 하면서도 난감했다.

‘도대체 내가 지금 무슨 말을 하는 거야? 그 여자를 데려오라고 해서 어쩌려고? 에라, 모르겠다.’

사실 그는 여인을 때리고 죽인다는 것에 거부감을 느껴 내뱉은 말이었지만 점점 상황은 이상하게 꼬여갔다.

한데 혈해각주는 또 이 말을 제 나름대로 오해한 모양이었다.

그가 음흉한 웃음을 흘렸다.

“흐흐흐. 명심하겠습니다. 최대한 빨리 그년을 싱싱한 상태 그대로 교주님께 바치겠습니다.”

레온은 일단 특별한 의심을 사지 않았다는 것에 안도했다.

그 후로도 몇 가지 보고가 이어졌다.

물론 그때마다 비향의 전음을 듣고 레온은 무사히 넘어갈 수 있었다.

길고 긴 총회가 끝나는 순간 레온은 생각했다.

‘역시 이런 곳에서 살 순 없어. 반드시 여길 벗어나야겠어! 난 평범하게 살 거야!’

하나 그것이 얼마나 어려운 일인지 레온은 아직 알 수 없었다.

혈마교주.
그가 혈마교를 탈출하기로 마음을 먹었다.

第二章
탈출 시도

레온은 평온한 일상을 보냈다.

감히 누가 혈마교주의 일상을 방해할 것인가?

가끔 수뇌부 인사들이 문안 인사차 찾아오는 경우가 있었지만, 모두들 교주를 대하는 어려운 자리인 만큼 오래 머물지는 않았다.

요타의 약은 하루도 거르지 않고 꾸준했다. 레온으로서는 이 부분이 가장 큰 불만 중 하나였다.

아무리 몸에 좋은 약이라지만 당장 겪는 고통이 너무 가혹한 것을 어쩌란 말인가?

"후우."

레온이 한숨을 내쉬며 눈앞에 놓인 것을 바라보았다.

초비향이 들고 있는 쟁반.

그릇에 담긴 진득한 액체가 묘한 냄새를 풍겼다.

팥죽처럼 걸쭉해 보이는 그 액체에는 연어 알 같은 것이 둥둥 떠 있었다.

"정말 먹고 싶지 않게 생겼군."

초비향이 묘한 웃음을 지었다.

"아주 귀한 거랍니다. 꼭 드셔야 합니다."

"요타에게 요리하는 법을 가르쳐야 하지 않을까? 적어도 보기 좋은 음식을 만드는 법이라도 말이야."

"이건 약이에요. 약에 장식 같은 게 필요할까요?"

"그래도 보기 좋은 떡이 먹기도 좋은 법이지."

"교주님께서 직접 가르치시려고요?"

"내가?"

"교주님의 요리 솜씨는 누구도 따라올 수 없을 정도니까요. 아⋯⋯."

초비향이 말을 하다 문득 입을 다물었다.

기억을 잃었으니 그 요리 솜씨도 예전 같지 않을 것이라는 걸 떠올린 것이다.

레온이 어색한 분위기를 무마시키며 물었다.

"이번엔 뭐지?"

"네?"

"이 약. 뭐로 만든 거야?"

"아⋯ 모기 눈알 요리를 아시나요?"

“모기 눈알 요리?”

물론 이계에서 온 레온이 그런 것을 알 리가 없었다.

레온이 고개를 갸웃거리자, 초비향은 그가 기억을 잃어서 모를 수도 있겠다고 생각하며 설명을 이었다.

“박쥐가 모기를 잡아먹으면 모기 눈알은 소화되지 않고 변으로 나온답니다. 그 변에서 모기 눈알만 가려내 요리로 만든 것이지요. 물론 희소성이 있는 만큼 굉장히 값비싸고 귀한 요리죠.”

“설마… 그럼……”

“네, 비슷한 겁니다.”

초비향이 화사하게 웃으며 말을 이어갔다.

“영물의 피만 빨아먹고 사는 적안문(赤眼蚊)이라는 모기가 있죠. 그리고 적안문만 잡아먹고 사는 백선편복(白線蝙蝠)이라는 박쥐가 있습니다. 이 약은 그 백선편복의 변과 갖가지 약초를 함께 넣고…….”

“자암까안! 그럼 모기 눈알만 가려낸 건 아니라는 거네?”

“물론이죠. 백선편복의 변은 그 자체로도 대단한 효능이 있습니다.”

레온은 금방이라도 울 것 같은 표정으로 그릇을 보았다.

그럼 이 걸쭉한 것들이 바로 똥…….

‘맙소사. 신이시여. 제가 뭘 그리 잘못했다고 이젠 똥까지 먹으라 하십니까?

초비향이 쟁반을 불쑥 내밀었다.

“자, 어서 드세요. 황제도 구하기 힘든 약이랍니다.”

“구하기 힘든 게 아니라 안 구하겠지. 이 따위 약은……”

레온은 투덜거리며 그릇을 들었다. 먹기도 전에 구토가 치밀어 올랐다.

그가 심호흡을 한 후 코를 틀어막았다.

물컹거리는 그것을 단숨에 위장으로 부어넣는 레온.

“우웩.”

레온이 하얗게 질린 얼굴로 구역질을 했다.

“토하시면 안 돼요! 토하시면 토사물을 먹이고 말 거예요!”

레온은 기가 찼다.

도대체 이 여인은 어찌 생긴 것과 어울리지 않는 말만 하는 걸까?

레온은 어쩔 수 없이 혼신의 힘을 다해 되새김질만 해댔다.

그가 어느 정도 안정을 되찾자 초비향이 그제야 부드러운 웃음을 지었다.

“고생하셨어요. 오늘부터 취화조(取花組)를 넣어드리겠습니다.”

“취화조? 그게 뭐지?”

“교주님께서 예전부터 종종 즐기시던 취미입니다. 최대한 과거와 비슷한 상황을 만들어야 기억이 돌아올 가능성이 크다고 해서 오늘부터 넣어드리기로 했습니다.”

“그렇군. 알았어.”

“그럼.”

초비향이 공손히 인사를 하고 방을 나왔다.

그녀는 낭하를 따라 걸으며 내심 감탄했다.

'정말 단숨에 마셔 버리다니.'

사실 레온이 음용한 이번 약은 보통의 무인들도 마시기 힘든 것이었다. 절정 고수라도 자칫 기절을 할 수도 있을 만큼 독한 약.

한데 레온은 헛구역질 몇 번으로 끝낸 것이다.

'역시 교주님은 대단하시구나.'

그녀가 안도의 미소를 지었다.

"휴우!"

레온은 침상에 벌러덩 드러누웠다.

황제가 부럽지 않는 생활.

비록 쓰긴 하지만 매일 몸에 좋은 영약이 나오고, 끼니마다 진수성찬이 차려졌다. 게다가 시종과 시녀들은 모두 선남선녀들.

누구라도 한 번쯤 누려보고 싶은 생활일 터.

하지만 레온은 이 자리가 너무 불편했다.

혈마교.

세상에서 가장 사악하고 악랄한 집단이 아닌가?

더구나 자신은 그런 곳의 수장이다.

의무와 책임감이 어깨를 짓눌렀다.

뿐만 아니라 레온은 신변의 안전을 위해 아직까지 혈마전(血

魔殿) 밖으로 나갈 수도 없었다. 자신이 만든 조직임에도 불구하고 자신의 안전을 보장받을 수 없는 장소라니.

이 얼마나 서글픈 일인가?

한번은 레온이 방을 청소하는 시녀에게 총타가 얼마나 넓은지 물어보았다.

"아주 많이 넓지요. 처음 오는 사람들 중에는 본교 총타에서 길을 잃고 헤매는 경우가 많을 정도니까요. 작은 도시나 큰 마을 정도로 넓다고 생각하시면 됩니다."

그 말에 레온은 쉽게 이곳을 벗어날 수는 없겠다고 판단했다.

그럼 어떤 방법들이 있을까?

"모르겠군. 모르겠어."

레온이 고개를 절레절레 저었다.

그때 밖에서 청아한 목소리가 들렸다.

"교주님, 취화조 대령입니다."

살얼음도 녹일 봄바람 같은 목소리.

레온이 잡념을 떨쳐내며 일어나 앉았다.

"들어와."

취화조가 무엇일까?

어쩌면 무림 고수의 고상한 취미일지도 모른다. 바둑이나 장기와 같은…

방으로 넣어주겠다고 했으니 활쏘기 같은 것은 분명 아닐 터.

레온이 이런저런 생각을 하고 있을 때 문이 열렸다.

다음 순간,

"헉!"

레온이 기겁을 하며 벌떡 일어났다.

속이 훤히 비치는 나삼을 입고 사뿐사뿐 걸어 들어오는 스무 명의 여인.

그녀들은 속곳도 입지 않아 나삼 안의 희고 보드라운 속살이 여실히 드러났다. 봉긋 솟아오른 젖무덤과 얇고 미끈한 허리 곡선, 풍만한 엉덩이를 지나 날씬하게 뻗은 다리.

하나같이 옆 사람에게 뺨을 얻어맞아도 모를 정도로 빼어난 미모의 여인들.

'꿀꺽!'

레온은 엉거주춤 선 자세로 굳어 버렸다.

스무 명의 여인이 레온 앞에 무릎을 꿇더니 공손히 절을 올렸다.

"취화조, 교주님을 뵙습니다."

넋이 나간 사람마냥 그저 멍하니 선 레온.

이어서 스무 명의 여인은 사뿐사뿐 움직이더니 레온을 둘러쌌다.

뒤늦게 정신이 돌아온 레온이 말했다.

"왜, 왜들 이러세요?"

그러자 여인 한 명이 까르르 웃으며 팔짱을 꼈다.

"이번엔 무슨 놀이인가요? 우리가 강제로 교주님을 범하는 내용인가요?"

"지, 지금 무슨 말을……!"

레온이 황당해하자 또 다른 여인이 눈웃음을 흘리며 다가왔다.

"거부하지 말고 손을 이리 내. 어때? 좋지?"

그녀는 레온의 손을 덥석 잡더니 자신의 가슴에 가져갔다. 탄실하면서도 물컹한 감촉이 레온의 손바닥을 타고 고스란히 전해졌다. 그녀가 입을 다물지 못하는 레온을 보고 다시 말을 이었다.

"제 연기 어땠나요? 이 정도면 꽤 훌륭하지 않았나요? 호호호."

간드러지는 웃음이 흘러나왔다.

레온은 모골이 송연해졌다.

태어나서 이런 경험은 처음이다.

이처럼 아름다운 여인에게 둘러싸여 유희를 즐긴다니.

하지만 막상 꿈같은 상황이 닥치자 좋기보단 두렵단 생각이 들었다.

레온의 표정이 여느 때와 다르다고 생각했는지 여인 한 명이 고개를 갸웃거리며 물었다.

"교주님, 이 놀이가 재미없으시면 저희가 능욕당하는 놀이로 바꿀까요? 여느 때처럼 밧줄과 양초, 채찍과 개목걸이도 준비되어 있답니다."

그러더니 또 다른 여인이 바닥에 넙죽 엎드렸다.

"아아, 교주님, 저를 마구 짓밟아주세요. 아흥!"

'이, 이게 대체 무슨……'

레온이 침상 위로 도망치듯 올라갔다.

"이, 이러지들 마세요."

"호호호, 아직 우리가 겁박하는 내용이었군요? 어흥. 이리 오지 못해? 내 가슴으로 널 질식시켜 주겠어."

여인들이 다시 간드러지는 웃음을 터뜨렸다.

레온은 머릿속이 하얗게 변했다.

'취, 취화조가 이런 거였어? 전혀 고상한 취미 따위가 아니잖아!'

누구도 '고상한 취미'라고 말한 적이 없었지만, 레온은 스스로의 상상력에 극렬한 배신감을 느꼈다.

그렇다.

혈마존은 생전에 자신의 성욕을 채워주는 기쁨조를 두고 취화조라 불렀던 것이다.

하나 평생 순수하게 살아온 레온으로서는 적응하기 어려운 것이 당연했다.

이윽고 여인들이 나삼마저 하나둘 벗기 시작했다. 실오라기 하나 걸치지 않은 여인들이 레온의 다리를 뱀처럼 감아 올랐다.

"아흐응. 교주님. 오늘도 불타는 밤을 보내보아요."

레온이 애써 침착한 어조로 입을 열었다.

"모, 모두 물러가라."

"아이, 그러지 말고 화끈하게 놀아보자니까안."

여인의 손이 허벅지를 타고 올라왔다.

이윽고 레온이 버럭 소리를 내질렀다.

"모두 물러가라고 하지 않았느냐!"

갑자기 터진 외침으로 실내가 쩌렁쩌렁 울렸다. 침대와 탁자가 우르르 떠는 소리를 내질렀고, 바닥이 지진이라도 난 것처럼 흔들렸다.

그제야 취화조 여인들이 사색이 되어서는 모두 나삼을 걸치고는 레온 앞에 엎드렸다.

"죽, 죽을죄를 지었습니다, 교주님! 부디 미천한 것들의 목숨만은 살려주세요!"

여인들이 닭똥 같은 눈물을 뚝뚝 흘렸다.

그녀들은 레온이 손만 들어도 흠칫흠칫 놀랐다.

레온은 사시나무처럼 떠는 여인들을 착잡한 시선으로 바라보다 피곤한 음성으로 말했다.

"모두 물러가라."

"부디 소녀들의 목숨만은……."

"알았으니 물러가라 하지 않느냐?"

"교주님의 은혜에 감사드립니다."

여인들이 깊이 머리를 조아리고는 뒷걸음질을 치며 물러갔다.

레온은 침대에 털썩 걸터앉았다.

당황해서 소리를 질렀는데 이처럼 큰 소리가 터져 나올 줄은 미처 몰랐다.

사실 레온은 혈마공을 익힌 몸.

때문에 흥분하거나 분노할 경우에는 본인의 의지와 상관없이 몸이 먼저 마기에 따라 반응을 하는 것이다.

그 비슷한 이유로 마공을 익히면 착한 사람도 거친 성격으로 변하게 마련.

물론 레온으로서는 이러한 사실을 알 리가 없었다.

잠시 후 문밖에서 다급한 발걸음 소리가 들렸다.

레온은 누군지 알 만하다는 얼굴로 피식 웃음을 흘렸다.

역시나 문이 벌컥 열리면서 예상했던 자가 나타났다.

"취화조를 물리셨다고요?"

놀란 표정으로 묻는 초비향.

레온이 자리에서 일어나며 답했다.

"응."

"무슨 일이 있었나요?"

"아무 일도."

"하면 왜……."

"별로."

"네?"

"별로 좋지 않아서……."

"대체 무슨 말씀이신지……."

초비향이 어리둥절한 표정으로 레온을 보았다.

혈마존은 여색을 밝히는 자였다. 색마(色魔)라고 불릴 정도
는 아니었지만, 충분히 즐길 줄을 아는 자였다. 지금껏 그가 취
화조를 그냥 돌려보낸 적은 단 한 번도 없었다.

초비향은 비록 여자지만 그런 혈마존의 색욕을 순순히 인정
했다.

예로부터 영웅호색(英雄好色)이라 하지 않던가.

한데 오늘은 혈마존이 취화조를 모두 물리친 것이다.

아무리 기억을 잃었다지만 그 본능까지 사라질 수 있을까?

초비향이 이상하다고 생각한 것은 바로 그 점이다. 색욕은
이성이 아니라 본능이 아닌가?

"혹, 취화조가 마음에 들지 않으셨습니까?"

취화조는 혈마존이 작년에 직접 뽑은 아이들로 구성되어 있
었다. 모두 무공 한 자락씩 익힌 미녀들이었다.

레온이 고개를 저었다.

"그런 건 아냐. 모두 예쁘더군."

"하면 왜……."

"아무 이유 없어. 그냥 별로 내키지 않았을 뿐이야."

"알겠습니다. 그럼 그 아이들은 바로 제거하도록 하겠습니
다."

레온이 화들짝 놀라 물었다.

"제거한다니? 죽인단 말이야?"

"네."

"그러지마."

"네?"

초비향이 눈을 동그랗게 뜨고 물었다.

레온이 한숨을 쉬며 말했다.

"그 애들에겐 아무 문제가 없으니 괜한 짓은 하지 마."

"그렇군요… 알겠습니다."

"초 군사."

"네, 교주님."

"내가 정말 교주가 맞긴 한 걸까?"

"또 그 말씀이세요? 역시 좀 더 강한 약을 복용하시는 게……."

"윽. 됐어. 말을 말아야지."

초비향이 미소를 지으며 레온을 가만히 바라보았다.

레온이 그 시선을 느끼고 물었다.

"왜 그리 빤히 봐?"

"정말 많이 변하신 것 같군요."

"그러니까 하는 말이야. 내가 정말 혈마존이 맞기나 한 건지."

"혈마존이십니다. 누가 뭐래도 그 사실은 변하지 않아요. 실제로 죽었다가 살아난 사람들 중 인성이 변했다는 사람은 부지기수니까요."

"그럼에도 나를 따를 텐가? 과거의 나와 지금의 내가 다른 인성을 가졌다고 해도?"

"물론이죠. 교주님은 언제나 저의 주인이십니다."

초비향이 부드럽게 웃었다.

레온은 그녀의 온화한 미소를 마주하자 괜히 얼굴이 발갛게 달아올랐다. 그가 헛기침을 하고는 시선을 돌렸다.

"커험. 술 한잔 생각나는군."

"술을 가져오도록 하겠습니다."

초비향이 몸을 돌리는데 레온이 불렀다.

"아니. 그러지 말고."

"네?"

"나가자."

"나가다니… 어딜……."

"술 마시러."

레온이 앞장서 방문을 열었다.

'대단하군.'

레온은 혈마교 총타의 어마어마한 규모에 놀랐다.

그는 흔들리는 마차 안에서 창밖의 전경을 보며 감탄했다.

그가 혈마전을 나섰을 때, 초비향이 어느 틈에 기별을 넣었는지 마차 한 대가 대기하고 있었다.

"총타가 이렇게 넓을 줄은 몰랐는걸."

"기억나지 않으시겠지만 총타는 내야(內野)과 외야(外野)로 구분됩니다. 외야는 세 방향이 높은 장벽으로 둘러져 있고, 북쪽은 숲으로 이루어져 있습니다. 숲 깊숙이 들어가면 교주님만 파훼법을 아는 수라쇄혼진(修羅碎魂陣)이라는 기관진식이 설치되어 있죠. 그리고 외야는 일류 고수들이 경계를 섭니다. 하지만 내야는 절정 고수들이 경계를 서죠. 내야로 들어오기 위해서는 절차가 까다롭기도 하고요.”

“그럼 여긴 외야인가?”

“네, 방금 지나온 관문이 내야로 들어가는 마도각(魔道閣)입니다.”

레온이 고개를 끄덕이고 창밖을 보았다.

수많은 장원과 전각들이 펼쳐져 있었다. 뿐만 아니라 외야에는 혈마교 무인들을 상대로 영업을 하는 주루와 다루가 있었고 심지어 홍등가와 같은 유흥가도 있었다.

레온이 스쳐 지나가는 주루 하나를 보며 물었다.

“저런 곳은 누가 운영하지?”

“보통 본교 무인의 가족이 운영을 하거나 본교에 정식 인증을 받은 상인이 들어와서 영업을 합니다.”

“그럼 간자(間者)들이 쉽게 접근할 수도 있지 않을까?”

“물론 본교의 인증을 받기 위해서는 철저한 검증이 필요합니다. 사돈에 팔촌까지 철저하게 파헤치죠. 하지만 간자는 어디에나 있을 수밖에 없어요. 심지어 삼 년 전에는 살막대주(殺幕隊主)가 간자였던 것이 밝혀지기도 했으니까요.”

“그런 적이 있었어?”

“네. 저희 밀선당에서 밝혀냈죠.”

초비향이 빙그레 웃었다.

“그래서 어떻게 됐어?”

"물론 교주님께서 직접 놈의 아가리를 찢어 버리고 단검으로 놈의 살을 한 포씩 떠서 천천히 죽였습니다."

초비향은 끔찍한 이야기를 눈 하나 깜빡하지 않고 말했다.

레온은 괜한 걸 물었다고 생각하며 화제를 돌렸다.

"그나저나 시녀의 말이 사실이었군. 과장이 심하다고 생각했는데 그게 아니었어."

"무슨 말씀이신가요?"

"시녀가 말하길 총타의 넓이는 작은 도시에 버금간다고 하더군."

순간 초비향의 시선이 싸늘하게 식었다.

"그럼 총타가 얼마나 넓은지 그녀에게 물어봤단 말씀이십니까?"

"응. 왜?"

"그 시녀. 죽여야겠군요."

'헉! 얘가 또 왜 이럴까?'

레온이 기겁을 하며 물었다.

"갑자기 또 왜?"

"시녀에게 총타가 얼마나 넓은지 물어보셨다면서요?"

"그, 그랬지."

"그럼 그 시녀는 교주님의 기억상실을 알고 있다는 뜻이 아닌가요?"

"단지 그 이유로……?"

"가볍게 넘길 일이 아니에요. 물론 혈마전의 시종들은 기본

적으로 눈과 귀를 닫는 것이 원칙이죠. 하지만 완전한 비밀은 없는 법입니다. 누군가 그녀에게 접근해서 그 사실을 알게 되면……."

"그래도 죽여선 안 돼."

"죽여야 합니다."

"안 돼."

"하지만 누군가에게 발설한다면……."

"그러니까 더욱 안 된다는 말이야."

"네?"

"아직 날 음해하려는 자가 누군지 잘 모르잖아. 누가 부교주와 손을 잡았는지도 모르고. 그렇다면 오히려 그 시녀를 감시하는 게 어때? 그 시녀에게 접근해서 내 약점을 알아내려는 자가 누군지 정확히 알 수 있을 테니까. 그럼 역으로 이용할 수도 있겠지. 그편이 낫다고 생각하는데."

"물론 그것도 생각하지 않은 건 아닙니다. 하지만 역으로 함정을 팔 때면 언제나 우리가 유리한 입장일 때가 좋죠. 그런데 지금은 자칫 그 함정이 우리를 옭아맬 수도 있다는 게 문제입니다. 아니, 이건 함정이라기 보단 도박에 가까워요."

"그래도 안 돼."

"교주님!"

"비향."

레온이 문득 정색을 하고는 그녀를 응시했다.

초비향은 혈마존이 자신을 이런 식으로 부른 적이 거의 없었기에 잠시 움찔거리고는 답했다.

"말, 말씀하세요."

"나를 주인으로 섬긴다고 했지?"

"그렇습니다."

"그럼 나를 믿어."

"하지만……."

"죽었다가 살아난 몸이야. 쉽게 당하진 않을 테니까. 내가 하자는 대로 해."

레온이 물끄러미 그녀를 응시했다.

착 가라앉은 그의 눈빛에서 확고한 의지가 엿보였다.

초비향이 뭐라 말을 하려는데 레온이 먼저 입을 열었다.

"과거의 내가 어땠는지 잘 몰라. 하지만 나 살겠다고 힘없는 시녀를 간단히 죽여 버리다니. 그게 정말 나란 말인가?"

"교주님. 시녀란 그저 도구에 불과합니다."

"그렇지 않아. 그녀도 누군가의 딸이었을 것이고, 누군가의 사랑을 받는 여자일지도 모르지. 나름의 꿈이 있을 것이고, 당장의 고민도 있을 것이야. 그녀도 그녀 나름의 인생이 있을 것 아닌가. 한데 내가 무슨 권리로 죽인단 말인가?"

초비향은 눈을 동그랗게 뜨고 레온을 보았다.

정말 죽었다가 깨어나면 사람이 이렇게도 변한단 말인가? 어미 품에 안긴 갓난아기조차 일수에 쳐 죽이던 그가 아니었던가?

한데 지금 마치 산속에서 수십 년 수양을 한 도인처럼 말하지 않나?

초비향은 물러서지 않았다.

"교주님, 나약해지시면 안 됩니다. 힘의 논리입니다. 본교는 힘의 논리로 움직여야 합니다. 약한 자는 당연히……."

"도대체 뭐가 힘의 논리란 거야!"

레온이 버럭 소리를 질렀다. 목소리에서 짙은 노기가 묻어났다.

"이건 힘의 논리도 뭐도 아니야! 단지 비겁한 짓일 뿐이야!"

초비향은 입을 다물었다.

서늘하게 식은 혈마존의 표정에서 더 이상 어떤 반론도 용납하지 않겠다는 뜻이 비쳤다.

"알겠습니다. 죄송합니다."

결국 그녀가 고개를 숙였다.

레온이 창밖으로 시선을 두며 말을 이었다.

"과거의 나는 기억나지 않아. 하지만 나를 믿는다면 앞으로의 나만 보도록 해. 적어도 과거의 내 그림자에 나를 가두려하지 마."

초비향은 잠시 멍한 표정으로 혈마존을 보았다.

레온이 그녀의 시선을 느끼고 고개를 돌렸다.

"왜 그래?"

"아, 아니에요."

초비향은 얼른 고개를 돌렸다.

그녀가 나직이 읊조리듯 말했다.

"왠지… 이런 교주님도 나쁘진 않군요."

그녀의 얼굴이 어느새 발갛게 물들어 있었다.

레온은 나직이 한숨을 내쉬고 창밖만 보았다.

사실 레온의 본래 성격은 이처럼 강하지 않았다. 착하고 순수하지만 늘 겁이 많고 남의 눈치만 살피는 성격에 가까웠다.

한데 어째서 이렇게 변한 것일까?

신체의 영향이다.

체(體)와 혼(魂)은 서로 영향을 끼치게 마련이다.

더구나 혈마존의 몸은 혈마공으로 다져진 몸.

전신에 스며 있는 혈마공의 마기가 레온에게 영향을 주었고, 성격마저 조금씩 변하는 중인 것이다.

두 사람이 침묵하는 사이 마차는 서서히 속도를 줄였다.

천마루(天魔樓).

혈마교 총타에 위치한 주루 중에서 가장 높은 건물.

마차가 멈춰 선 곳은 바로 천마루 앞이었다.

레온과 초비향이 마차에서 내리자 천마루의 주인이 몸소 나와 맞이했다.

"어서 오십시오, 교주님. 기다리고 있었습니다."

어느 틈에 초비향이 기별을 넣은 것이다.

천마루 안으로 들어가자 점소이는 물론 숙수들까지 모두 나와 열을 맞춰 서 있었다. 루주의 안내를 받으며 천마루 최상층으로 올라가던 레온이 고개를 갸웃거렸다.

“왜 주루에 손님이 아무도 없지?”

루주가 머리를 조아렸다.

“교주님께서 오신다는 통보를 받고 자리를 모두 비워 두었습지요.”

“어째서?”

레온의 반문에 루주가 잠시 당황하다 대답했다.

“그게… 저어… 항상 오시기 전엔 천마루를 조용하게 해두라고 하셔서 오늘도 당연히 그런 줄로 알고…….”

그러자 초비향이 얼른 나섰다.

“수고했어요. 늘 즐겨 드시던 음식으로 가져다줘요. 그만 가 보세요.”

“분부 받들겠습니다.”

루주가 공손히 인사를 하고는 물러갔다.

레온과 초비향은 최상층의 창가에 앉았다.

창밖의 풍경이 그야말로 절경이었다.

바로 앞에는 커다란 인공 연못이 있었는데, 그곳에는 나룻배를 띄워놓고 술을 마시며 여흥을 즐기는 연인들이 많았다. 모두 혈마교의 무인이거나 그 가족일 것이다.

검신에 피가 마를 날이 없을 혈마교 무인들도 결국 사랑을 하고 웃을 줄도 아는 인간인 것이다.

하지만 레온은 호화로운 대접에도 불구하고 기분이 썩 좋지만은 않았다.

‘결국 술 마시러 나온 곳이 여기라니…….’

　잠시나마 교주라는 신분을 벗고 평범한 인간으로서의 삶을 누리고 싶었다. 사람들이 북적이는 객잔에서 한 자리 차지하고 앉아 술을 마시고 싶었다.

　한데 지금은 혈마전에 있을 때보다도 더 극진한 대접을 받지 않나?

　오히려 자신의 위치가 새삼 실감이 났다.

　레온의 표정이 밝지 않은 것을 눈치챈 초비향이 물었다.

　"기분이 안 좋아 보이세요."

　"초 군사. 술이랑 요리 취소해."

　"네? 갑자기 왜……."

　"내가 술 마시러 가고 싶은 곳은 여기가 아냐."

　"하지만 교주님께선 술 생각이 날 때면 늘 이곳을……."

　"적어도 오늘은 아냐. 난 총타 밖으로 나가고 싶었던 거야."

　"아……."

　초비향은 잠시 생각에 잠기더니 고개를 들었다.

　"좋아요. 나가죠."

　"정말?"

　"네. 생각해 보니 너무 총타 안에만 계시는 것도 보기에 좋지 않을 것 같습니다."

　"후후. 좋아. 가자."

　레온과 비향이 다시 자리에서 일어났다.

　"캬아! 술 맛 좋군!"

레온이 탄성을 내질렀다.

초비향이 피식 웃었다.

아무리 봐도 신기했다.

정말 사람이 이렇게 변할 수 있나 싶다.

총타를 벗어난 레온과 초비향은 인근 마을의 객잔으로 들어섰다. 두 사람은 창가에 자리를 잡고 여느 사람들처럼 술과 음식을 주문했다.

그때부터 레온은 쉴 새 없이 떠들며 술을 마셨다.

처음으로 기분 좋은 모습이었다.

초비향이 레온의 잔에 술을 채웠다.

"진작 올 걸 그랬군요."

"하하. 그럼 좋았지. 방 안에만 있는 건 너무 답답하니까."

"혈마전 주위를 산책하시는 건 어때요?"

"싫어. 혈마전 곳곳에 시종들이 있고, 경계를 서는 무인들이 있으니 꼭 감시당하는 기분이야."

"그들은 교주님을 감시하는 게 아니라, 교주님을 지키는 자들이에요."

"어쨌거나 내가 느끼기에 그렇단 말이야."

"그럼 마경각(魔鏡閣)에 가보시는 건요?"

"마경각? 거긴 뭐하는 곳이지?"

"유일하게 교주님만 들어가실 수 있는 곳이죠. 각종 무공 비서와 장서들이 보관되어 있어요."

"나만 들어갈 수 있다고?"

"네. 오로지 교주님만 들어가실 수 있어요."

"그랬군. 한번 가보지, 뭐."

레온은 대수롭지 않게 받아 넘기며 술잔을 기울였다.

그러다 문득 생각나는 것이 있는 듯 초비향을 보았다.

"아까 하던 말을 마저 해봐."

"무슨 말을요?"

"내게 호의적인 자들과 부교주와 손을 잡은 자들."

"아, 네. 현재 본교는 교주님을 지지하는 친존파(親存派)와 은밀히 부교주를 밀고 있는 반존파(反存派)로 구분됩니다. 교주님이 실종되신 기간에 생겨난 파벌이죠."

"그럼 누가 나를 지지하지?"

"현재 밀선당의 분석에 의하면 팔한궁은 친존 세력에 속하고, 팔열궁은 대체로 반존 세력으로 분류됩니다. 본교 무인들 사이에서도 공공연한 비밀이죠. 하지만 아직 확실한 정보는 아닙니다."

"그렇군."

그때 객잔 입구에서 왁자한 소리가 울렸다.

가장 먼저 죽립을 눌러 쓴 중년인이 들어섰고, 조각처럼 잘생긴 미청년이 뒤를 따랐다. 마지막으로 뺨에 검상이 새겨진 사내와 후덕한 살집이 인상적인 사내가 들어왔다.

"덕팔아, 좋은 자리 하나 마련해 봐!"

미청년이 소리쳤다.

그의 이름은 방소걸(方小傑).

　흑사방(黑邪幫) 분타의 분타주이자 흑사방주 방호태(方號太)의 장남이기도 했다. 앞서 들어온 음침한 분위기의 중년인은 방소걸의 호위무사인 주호청(朱護聽). 마지막으로 들어선 두 사내는 방소걸의 사제인 진진(眞眞)과 장규(張規)였다.

　점소이가 발바닥에 불이 나도록 달려와 굽실거렸다.

　“아이고, 오랜만입니다요. 어서 오십시오.”

　“그래, 덕팔아. 잘 지냈어?”

　“헤헤, 공자님 덕분에 무탈합니다요. 이리로 오시죠. 마침 좋은 자리가 있습지요.”

　점소이는 손을 삭삭 비비며 앞장섰다.

　그가 안내한 자리는 레온이 등진 탁자였다.

　“그럼 먼저 늘 드시던 술부터 내오겠습니다요.”

　“그래, 그래.”

　방소걸이 시원하게 웃으며 대답했다.

　점소이가 발 빠르게 사라지자 그는 흡족한 표정으로 자리에 앉으려 했다.

　하지만 참새가 방앗간을 어찌 지나랴.

　그는 의자에 앉기 직전 바로 옆 탁자에 앉은 초비향을 보고 흠칫 굳었다.

　경국지색(傾國之色), 침어낙안(沈魚落雁), 폐월수화(閉月羞花)…….

　그 어떤 미사여구도 그녀 앞에선 그저 식상할 뿐. 감히 그런 상투적인 표현으로는 그녀를 제대로 표현할 수 없었다.

　칙칙한 분위기의 객잔 안에서 오로지 그녀만이 다른 세상처럼 환하게 빛났다.

　당연 방소걸은 자리에 앉는 대신 그녀를 향해 걸어갔다.

　"처음 뵙겠소이다. 실례가 되지 않는다면 동석을 해도 괜찮겠습니까?"

　그가 초비향을 향해 말했다.

　처음부터 레온은 거들떠도 보지 않는 행동.

　초비향은 가볍게 웃음을 흘리고는 창밖으로 시선을 두었다.

　"언제 돌아가실 건가요?"

　방소걸이 매력적인 미소를 지으며 답하려는데, 레온이 무심히 대꾸했다.

　"조금 더 있다 가자."

　"이미 많이 드셨잖아요."

　"아직은 괜찮아."

　그제야 방소걸은 초비향의 말이 자신을 향한 것이 아님을 깨달았다. 그녀는 처음부터 자신을 상종도 하지 않은 것이다.

　하지만 그는 화를 내지 않았다.

　대신 호탕하게 웃었다.

　"하하하! 이거 실례가 많았습니다. 솔직히 말하겠습니다. 무턱대고 이렇게 동석을 바란 것은 달이 숨고 꽃이 수줍어 할 정도로 아름다운 낭자에게 첫눈에 반해 버렸기 때문입니다. 부디 자리를 함께해서 제게도 즐거움을 나누어 주시지 않겠습니까?"

초비향은 그를 힐끔 보더니 이내 레온에게 시선을 두었다.

"답답한 기분은 좀 가셨나요?"

"응. 많이 좋아졌어. 지금은 아주 좋아."

"다행이네요."

방소걸의 눈썹이 꿈틀거렸다.

지금까지 자신이 말을 걸면 웬만한 여자는 당장에라도 잠자리를 준비하고 옷고름부터 풀어버릴 기세였다.

그만큼 그의 외모는 준수했다.

단정한 용모에 정중한 태도.

사람들은 그가 사파의 후계자라는 사실을 믿지 못할 정도였다.

한데 눈앞의 이 여인.

분명 자신을 한 번 보았음에도 눈 하나 깜빡하지 않았다. 오히려 자신을 철저하게 무시했다.

있을 수 없는 일!

'같이 온 남자가 어떤 녀석이기에……'

방소걸은 시선을 돌렸다가 헛바람을 집어삼켰다.

'헉!'

얼음처럼 차갑게 생긴 남자.

현재 레온의 외모였다.

물론 레온은 지금 매우 기분이 좋았지만, 원래 사악한 인상인 혈마존의 외모는 오해를 사기에 충분했다.

하나 방소걸 역시 그 정도로 주눅이 들 위인은 아니었다.

그가 더욱 호탕하게 웃어젖혔다.

"하하하! 이런! 이제 보니 제가 소개도 하지 않았군요. 죄송합니다. 저는 천하오사(天下五邪)의 하나인 흑사방의 소방주 방소걸이라 합니다. 지금은 이곳 분타를 맡고 있지요. 통성명도 하지 않은 채 동석을 구했으니 이런 실례도 없군요. 낭자께서 너그러이 용서해 주시기 바랍니다."

그는 일부러 흑사방의 소방주라는 것을 강조했다.

혈마교 근처에는 크고 작은 흑도의 방파가 많았다. 말하자면 레온이 살던 이계에서 드래곤의 레어 주위로 몬스터가 많이 사는 것과 비슷한 이치라고나 할까?

하나 흑사방의 분타는 조금 다른 성격이다.

흑사방은 천하오사에 속한다.

중원에 존재하는 세 가지 힘.

그것은 정도맹과 혈마교, 마지막으로 천하오사다.

천하오사.

수많은 사파의 집단 중에서도 다섯 손가락 안에 꼽히는 문파들이다.

이들은 정도맹과 마찬가지로 운명공동체적 성격이 강하다.

때문에 하나하나의 힘은 다소 아쉬운 부분이 있을지라도 강호에서 감히 이들 문파를 무시할 자는 없다.

뿐만 아니라 흑사방주는 혈마교의 호승궁주와도 막역한 사이. 흑사방이 혈마교 인근에 분타를 둔 것도 호승궁과의 거래를 유지하기 위함이었다.

그러니 방소걸은 이 근방에서 자신을 함부로 대할 자가 없을 것이라 자부했다.

물론 혈마교의 수뇌 인사가 나타난다면 얘기가 달라진다. 하지만 그런 자가 이런 객잔에서 술을 마실 이유가 없었다. 대부분 그런 자들은 총타의 외야에 위치한 고급 주루를 이용하기 때문이다.

레온이 곁눈질로 방소걸을 살피고는 초비향에게 말했다.

"이자, 아까부터 계속 너한테 말을 거는 것 같은데?"

"호호, 향기로운 꽃에는 온갖 잡 벌레가 꼬이는 법이죠."

"하하하. 스스로 꽃이라는 거야?"

"왜요? 아닌가요?"

"아니. 그런 말도 할 줄 아는구나 싶어서."

레온과 초비향이 마주 웃었다.

반면 방소걸의 인내심은 서서히 한계를 드러냈다.

'이것들이……!'

그가 발끈하려는데 마침 후덕한 장규가 나서서 탁자를 쾅 내려쳤다. 그 진동에 술잔 두 개가 다르르 떨었다.

"이런 국밥에 말아 처먹을 연놈들이……! 우리 분타주께서 하시는 말씀이 귓구멍에 들어박히지 않느냐? 그 귓구멍을 내 직접 뚫어줄까?"

그제야 초비향이 싸늘한 시선으로 돌아보았다.

장규가 이죽거렸다.

"뭐? 노려보면 어쩔 건데? 확 그냥……!"

그때 다시 방소걸이 나서서 장규를 엄하게 나무랐다.

"장규! 이게 무슨 무례한 짓이냐? 내가 먼저 부탁을 했으니 이분들에게도 거절할 권리가 있다. 섣부른 행동하지 마라!"

그러자 장규가 마지못한 듯 물러났다.

방소걸이 포권을 했다.

"두 분께 큰 결례를 저질렀습니다. 제 사제가 철없이 나댄 것이니 부디……."

"알았으면 꺼져."

초비향의 얼음장처럼 차가운 목소리.

방소걸의 자존심이 다시 꿈틀거렸다.

"하하하! 낭자께서 화가 나실 만도 하지요. 분명히 우리가 먼저 잘못……."

"술 맛 떨어지니까 꺼지라고."

꽃보다 아름다운 여인에게서 나온 말이라곤 상상되지 않을 정도로 살벌한 말투.

결국 방소걸의 인내심에도 균열이 갔다.

그가 싸늘한 표정으로 되물었다.

"지금… 뭐라고 했소?"

"귓구멍은 그쪽부터 뚫어야겠네. 술맛 떨어진다는 말 못 들었어? 당신 같은 놈들을 보면 토 나와."

"나 같은… 놈들?"

"그래. 마치 정파의 꼴통 새끼들처럼 온갖 가식으로 치장해서 허세만 잔뜩 부리는 머저리들."

방소걸이 돌처럼 굳었다.

너무나 엄청난 모욕에 진진과 장규 역시 입을 딱 벌리고 말 았다.

방소걸이 주먹을 말아 쥐었다.

"예로써 대했거늘……."

"흥. 끝까지 죽을 자리를 찾겠다는 건가?"

"뭐야? 이년이 보자보자 하니까!"

장규가 다시 나서서 초비향의 멱살을 잡아갔다.

그 순간 레온의 손이 번개처럼 뻗어 나갔다. 그가 순식간에 장규의 손목을 낚아채며 말렸다.

"이러지 말고 다 같이 기분 좋게 마십시다."

레온으로서는 기분 좋은 술자리를 망치고 싶지 않았다. 게 다가 지금 말리지 않으면 초비향은 정말 이들을 죽여 버릴지 도 몰랐다. 툭 하면 죽이겠다는 말을 입에 담는 그녀였으니까.

모처럼 기분이 좋아졌는데 살인 장면 따위를 보고 싶지는 않았다.

다만 한 가지 문제가 있었다.

레온이 아직 혈마존의 몸에 익숙하지 않다는 것.

으드득!

갑자기 뼈가 부러지는 소리가 들리면서 장규의 손목 관절이 반대로 꺾여 버리는 게 아닌가?

"끄아아악!"

장규가 목청이 터져 나가도록 비명을 질렀다.

레온이 깜짝 놀라 손을 놓았다. 한데 이때 또 너무 과한 힘이 들어가고 말았다. 장규가 떠밀리듯 뒷걸음질을 치더니 그대로 엉덩방아를 찧으며 넘어진 것이다.

남이 보기엔 레온이 일방적으로 밀쳤다고 볼 수밖에 없는 상황.

"괜, 괜찮소?"

당황한 레온이 얼른 다가가 장규의 손을 잡아 일으켰다.

그 순간,

우두둑!

"아아아아악! 내 팔!"

레온이 끌어당긴 팔이 어깨에서 그대로 탈골된 것이다.

"이 미친 새끼가!"

이번엔 진진이 화가 나서 레온을 향해 주먹을 휘둘렀다.

본래 흑사방은 권법으로 유명한 곳.

때문에 그가 휘두른 주먹은 결코 가벼운 공격이 아니었다.

하지만 무림 지존의 육체를 가진 레온.

탁! 휘익!

얼결에 팔을 뻗으며 피한 것이 자연스럽게 금나술로 화해 상대를 바닥에 내다꽂았다.

쿠웅!

"크악!"

졸지에 땅바닥과 격렬한 입맞춤을 하게 된 진진.

부러져나간 이가 바닥에 아무렇게나 나뒹굴었다.

결국 그는 무참히 짓이겨진 얼굴로 의식을 잃고 말았다.

그야말로 눈 깜빡할 사이에 벌어진 일.

레온이 얼른 손사래를 치며 방소걸에게 다가갔다.

"아, 이러려고 한 건 아닌데……."

그 순간,

"그분에게서 물러나라!"

우렁찬 외침과 함께 무쇠 같은 주먹이 레온의 가슴을 향해 날아들었다. 레온이 방소걸마저 공격하는 줄 알고 호위무사 주호청이 나선 것이다.

레온은 쇄도하는 주먹을 보고 눈을 질끈 감았다. 그 순간 그의 몸에서 호체신공이 본능적으로 발현됐다. 이번에도 역시 생각하기도 전에 몸이 먼저 반응한 것이다.

뻐억!

"크읏!"

"크으윽!"

두 사람의 입에서 동시에 신음이 터져 나왔다.

하지만 레온은 두어 걸음 물러선 반면, 주호청은 대여섯 걸음이나 물러났다. 게다가 그는 입가에서 피까지 흘렸다. 호체신공으로 반탄되어 버린 자신의 내력에 내상을 입은 것이다.

이쯤 되자 방소걸 역시 예의고 나발이고 없었다.

"이런 개새끼!"

그가 거칠게 욕설을 뱉으며 나서려는데, 문득 앙칼진 목소리가 그를 붙들었다.

"오라버니!"

방소걸이 움찔거리고는 뒤를 돌아보았다.

모두의 시선이 향한 가운데 꼿꼿한 자세로 다가오는 한 여인. 날개만 단다면 가히 선녀라 해도 좋을 만한 미모였다.

그녀는 바로 방지약(方志約).

방호태의 딸이자 방소걸의 여동생이었다.

그녀가 다가와 바닥에 쓰러진 진진과 장규를 경멸 어린 시선으로 바라보았다.

"여기서 또 소란을 피우고 계신 건가요?"

그녀의 쌀쌀맞은 목소리에 방소걸이 표정을 일그러뜨렸다.

"지약아. 너는 상관 마라."

"오라버니 일인데 어떻게 상관을 안 할 수 있겠어요? 분명히 또 먼저 무례를 저질렀겠죠?"

"아니다! 먼저 무례하게 나온 것은 저쪽이라고!"

방소걸이 초비향과 레온을 가리키며 소리 질렀다.

그러거나 말거나 방지약은 몸을 돌려 두 사람에게 공손히 사죄했다.

"죄송합니다. 제 오라버니의 실수를 이해해 주시기 바랍니다."

"예의 바른 척 나오지만 결국 그 오라버니에 그 동생이네요. 잘못을 저질러놓고 일방적으로 이해를 강요하는 꼴이."

초비향이 냉소를 지으며 대꾸했다.

아주 잠깐 방지약의 표정에 싸늘한 기운이 스쳤지만 누구도 눈치채기 힘들 만큼 짧은 순간이었다.

그녀가 다시 고개를 숙였다.

"정말 죄송합니다. 뭐라 드릴 말씀이 없습니다."

그러더니 그녀는 초비향의 말을 기다리지 않고 곧바로 레온을 보며 물었다.

"공자님의 존함은 어찌 되시나요?"

그녀의 눈빛에 호기심이 어렸다.

레온은 잠시 말을 찾지 못했다.

자신의 별호는 알고 있지만, 정작 이름이 무엇인지 모르는 것이다.

그러자 이번에도 초비향이 나섰다.

"이분의 존함은 야(夜)자 월(月)자 입니다."

"아… 야월 공자님이시군요. 다음부터는 이런 일이 없도록 주의하겠습니다."

그녀는 이번에도 대답을 기다리지 않고 몸을 돌렸다. 그리고 방소걸을 향해 냉랭하게 말했다.

"그만 가요. 아버지가 지금 분타에 오셨어요. 오라버니를 찾으신다구요."

"쳇! 알았다."

방소걸이 혀를 찼다.

하나 내심으로는 다행이라는 생각도 들었다.

주호청이 기습을 하고도 밀린 상대다. 그렇다면 자신은 그의 적수가 되지 못할 터.

방소걸이 레온을 노려보며 씹어뱉듯이 물었다.

"너, 혹시 혈마교 무인이냐?"

레온이 잠시 생각하다 대꾸했다.

"뭐… 일단… 그런 셈이지. 그런데 정말 일부러 그런 건 아냐. 미안하게 됐어."

"닥쳐라! 감히 흑사방을 건드리다니. 어느 소속인지는 모르겠지만 앞으로 편히 살 생각은 버려야 할 것이다!"

"그러니까 오해라고……."

"흥! 본방을 무시한 대가를 톡톡히 치르게 해주지. 혈마교에서 영구추방이라도 각오하는 것이 좋을 것이다. 가자!"

방소걸이 냉랭하게 몸을 돌리자 주호청이 레온을 노려보다 그 뒤를 따랐다.

뒤늦게 진진과 장규도 허겁지겁 따라 나갔다.

상황이 일단락되자 잠시 시선을 모으던 사람들도 저마다 술을 마시며 관심을 끊었다. 흑도방파가 많은 지역인 만큼 이런 일은 대수롭지 않게 일어나기 때문이다.

레온이 자리에 털썩 앉았다.

"휴, 나 이제 혈마교에서 영구추방당하는 거야?"

"호호. 교주님이 본교의 하급 무인이라면 그랬을지도 모르죠? 외교는 중요하니까요."

"술 맛 버렸어."

"그러게 깔끔하게 죽이지 그러셨어요."

"그렇잖아도 초 군사가 죽여 버릴까 봐 일부러 나선 거야."

“악취미네요. 바로 죽이지 않고 서서히 괴롭히다가 죽인다
는……”

“그런 게 아냐. 그나저나 정말이야?”

“뭐가요?”

“내 이름. 야월 말이야.”

“당연히 아니죠. 교주님은 아주 오래 전에 이름을 버리셨다
고 했어요. 진짜 이름을 아는 사람은 교주님밖에 없어요. 하지
만 교주님은 기억도 나지 않으실 테고. 야월이라는 이름은 그
냥 제가 생각나는 대로 둘러댄 거예요. 지금은 정체를 숨기는
것이 여러모로 편할 것 같아서요.”

“흠… 야월이라……”

“그 이름. 마음에 드셨나요?”

마음에 들었다.

과거의 진짜 이름이 아니라 새로운 이름이라 더욱 마음에
들었다.

어쩐지 그 이름을 이용하면 새로운 인생을 살 수 있을 것만
같았다.

레온이 고개를 끄덕였다.

“마음에 들어. 앞으로 내 이름을 야월이라 정했어.”

“제게 고마워하셔야겠네요.”

초비향이 빙긋 웃었다.

“하하. 고마워. 정말로. 그런데 흑사방은 어떤 곳이지?”

“천하오사에 속한 방파로 사실 본교도 마냥 무시할 만한 곳

은 아니죠. 특히 호승궁과 각별한 관계를 유지하고 있기도 하
구요."

"다음에 보면 제대로 사과를 해야겠군."

"아마 조만간 볼 수 있을 지도 모르겠습니다."

"어째서?"

"곧 호승궁주의 생일이거든요. 호승궁에서 연회를 열 텐데
분명히 교주님을 초청할 겁니다. 그때 흑사방주도 올 겁니다.
물론 연회에 참여하시는 건 교주님의 뜻에 달렸지만요."

"그렇군."

레온이 건성으로 대답했다.

사실 그는 그때까지 혈마교에 남을 생각이 없었다.

조금 전 그는 생각했다.

이곳이라면…….

지금 이 객잔에서라면 총타를 벗어날 수 있지 않을까?

도시를 방불케 하는 총타 안에서 탈출하는 것보다야 여기서
탈출하는 것이 훨씬 쉽지 않겠나?

'그래, 시도나 한번 해보자.'

레온이 술잔을 비우고 자리에서 일어났다.

초비향의 시선을 느낀 그가 말했다.

"변소. 조금 늦을지도 몰라."

초비향은 걸어가는 레온의 뒷모습에서 시선을 거두고 생각
에 잠겼다.

조금 전 주호청의 일격.

혈마존은 그 일격을 가슴에 맞고 두 걸음이나 밀렸다.

두 걸음.

보통 무인이라면 이도 대단한 것이다. 전혀 준비되지 않은 상태에서 오로지 호체신공만으로 맞선 것이 아닌가? 그럼에도 두 걸음밖에 밀리지 않은 것이다.

하지만 혈마존이라면 달라야 했다.

혈마존은 바위처럼 서 있어야 했고, 주호청의 손은 산산이 부서져 가루가 되었어야 한다.

'역시 약해지셨어.'

사실 그녀는 이번 기회에 혈마존의 실전 능력을 가늠해 보고 싶었다.

그 결과는 그녀의 예상과 크게 다르지 않았다.

혈마존은 약해졌다.

기억을 잃었기 때문이다.

잠재되어 있는 강한 무공을 쓸 줄 모르는 것이다.

'최대한 빨리 기억을 되찾아야만 해.'

하지만 그 기억이라는 것이 영영 돌아올 수 없다는 것을 그녀는 몰랐다.

초비향이 술잔을 들었다.

'정말 늦으시네.'

"우하하핫!"

레온은 관도를 따라 내달리며 마음껏 웃어젖혔다.

제법 늦은 시간이어서 행인들이 없었지만 만약 누군가 그를 보았다면 필시 제정신이 아니라고 단언했을 것이다.

레온은 자유를 만끽했다.

드디어 해방!

이제 지긋지긋하고 무시무시한 혈마교를 떠나 마침내 평범한 삶을 살 수 있게 된 것이다. 그러다 기억이 돌아오면 그때 가서 생각해도 늦지 않을 것이다.

적어도 혈마교 총타에 갇혀 지내기는 싫었다.

레온은 언덕 위에 올라 달리기를 멈추고 뒤를 돌아보았다.

멀찍이 마을의 야경이 펼쳐졌다.

주루와 객잔은 아직도 불을 환하게 밝혔고, 민가에서는 드문드문 불빛이 새어나왔다.

'아직 기다리고 있을까?'

초비향이 떠올랐다.

볼일을 보고 오겠다는 말만 남기고 객잔을 몰래 빠져나왔다. 아직도 객잔에서 자신을 기다리고 있을지 몰랐다.

왠지 미안했다.

의식을 찾고 나서 그녀는 물심양면으로 자신을 도왔다.

자신을 바라보는 시선에서 진심 어린 걱정이 보였다.

'정말 예뻤는데.'

세상 어디에 가면 그녀처럼 예쁜 여인을 만날 수 있을까?

조금 아쉬운 게 있다면 내뱉는 말투마다 동네 파락호도 가볍게 울려 버릴 정도라는 것?

레온은 피식 웃어버렸다.

'그래, 나중에 자리를 잡으면 그녀를 찾아 제대로 사과하면 되겠지!'

더 이상 미련은 두지 않았다.

'이제부터 나는 혈마존이 아니라 야월이다.'

야월.

이름처럼이나 밝은 달이 밤하늘에 휘영청 떠 있었다.

진정한 새 출발을 향해 레온, 아니, 야월이 몸을 돌렸다.

휘이이잉!

차가운 바람이 마주쳐 왔다.

분명히 같은 바람인데도 총타 안에서 부는 바람과 밖에서 부는 바람은 상쾌함이 다르다.

'좋아, 이제 내 인생을 살아가는 거야!'

야월은 눈앞에 놓인 길을 보았다.

"그런데 이 길은 어디로 가는 거지? 여기가 북쪽인가?"

그때 느닷없이 들리는 묵직한 목소리.

"남쪽입니다. 길을 따라 가면 강주(江州)라는 작은 도시가 나옵니다."

순간 야월은 심장이 밖으로 튀어나오는 줄 알았다.

분명히 조금 전까지만 해도 자신의 뒤에는 아무도 없지 않았던가?

그가 홱 돌아섰다.

시커먼 피풍의를 두르고 흑립을 눌러 쓴 애꾸의 중년인.

“우왁!”

깜짝 놀란 야월이 주춤 물러나다가 돌부리에 발이 걸려 휘청거렸다.

가까스로 중심을 잡은 그가 마른 침을 삼키며 물었다.

“누, 누구…?”

“수라십팔조장 구비검(具飛劍)입니다.”

“수, 수라십팔조라니…?”

야월이 멍하니 되묻자 구비검이 다시 답했다.

“교주님의 직속 호신위입니다.”

“호, 호신위?”

“그렇습니다.”

“그럼 처음부터 내 주위에 있었단 말?”

“예.”

야월은 혼이 빠져나가는 느낌이었다.

겨우 혈마교를 탈출했다고 좋아했는데 이런 그림자가 붙어 있었을 줄이야!

도대체 자신은 왜 여기까지 달려왔단 말인가?

온몸에 힘이 쭉 빠졌다.

“완전 멍청한 짓을 했군. 한순간에 바보가 됐어.”

“무슨 말씀이신지…….”

“아냐. 그보다 호신위가 지금까지 내 주위에 항상 있었단 말이지?”

“그렇습니다.”

야월이 한숨을 내쉬고 허공을 향해 말했다.

"모두 모습을 보여라."

그러자 야월 주위로 그림자들이 떨어져 내렸다.

슉슉슉슉슉슉!

구비검을 포함해 정확히 열여덟 명.

그들 모두 검은 피풍의를 두르고 흑립을 깊이 눌러썼다.

구비검이 한 걸음 나서며 말했다.

"그만 돌아가시는 것이 어떻겠습니까? 너무 늦으면 초 군사께서 걱정하실 겁니다."

"그래, 그래야지. 그래야겠지."

야월은 그저 허탈한 웃음을 흘리며 걸음을 옮길 수밖에 없었다.

혈마교를 탈출하기 위한 야월의 최초 시도.

그것은 이렇게 허무하게 끝나 버렸다.

어깨를 축 늘어뜨리고 걸어가는 야월.

그 뒷모습을 먼발치에서 지켜보는 자가 있었다.

왼쪽 눈썹 끝에서부터 오른쪽 귓불 아래까지 사선으로 검상이 새겨진 남자.

그는 눈을 차갑게 빛내며 멀어져가는 야월을 가만히 응시했다.

이윽고 그가 어두운 숲 속으로 모습을 감췄다.

第三章
염라천기공(閻羅天氣功)

낚싯대가 휘었다.

호승궁주 사천홍은 얼른 낚싯줄을 끌어당겼다.

바닥에 떨어지면서 퍼덕이는 물고기.

크진 않았다. 어른 손바닥만 한 물고기다.

사천홍이 눈살을 찌푸렸다.

그는 능숙한 손놀림으로 물고기의 아가리에서 바늘을 뺐다.

그리고 물고기를 연못으로 돌려보내면서 말을 꺼냈다.

"다녀왔나?"

사천홍 뒤로 다가서는 흑의 경장 차림의 사내.

왼쪽 관자놀이부터 오른쪽 귓불 아래까지 검상이 새겨진 남자. 그 검상 때문에 별호도 사선쌍검(斜線雙劍)으로 불리는 혈천대주(血天隊主) 교릉(喬凌)이었다.

그가 호승궁주 옆에 나란히 섰다.

호승궁주는 교릉을 보지 않고 다시 연못으로 낚싯대를 드리웠다.

"여전히 미끼를 쓰지 않으시는군요."

"굳이 낚을 필요가 없는 것들이지."

"그런데도 잘 낚으십니다."

"낚이는 것들이 멍청한 거지."

사천홍이 킬킬거리다 물었다.

"가본 일은?"

"확실히 교주에게 이상한 점이 있었습니다."

"이상하다라… 무엇이?"

교릉은 자신이 보았던 것들을 말했다.

혈마전을 나선 교주가 천마루를 마다하고 마을의 객잔을 찾은 일. 객잔에서 돌연 홀로 빠져나와 마을을 벗어나려고 했던 일.

이야기를 모두 전해들은 사천홍이 침음을 흘렸다.

"흐음. 단지 그것만으로는 정보가 부족하군."

"죄송합니다. 적당한 거리에서 지켜만 보았기에……"

"그럴 수밖에 없겠지. 상대는 교주니까. 하면 객잔에서 무슨 일이 벌어졌는지도 잘 모르겠군?"

"예. 객잔 안으로 따라 들어가는 것은 위험할 것 같아 밖에서 나올 때까지 기다렸습니다."

사천홍은 고개를 끄덕였다.

그는 힐책하지 않았다.

오히려 객잔 안으로 따라 들어갔다면 그를 나무랐을 것이다.

상대는 혈마존.

만약 교주가 온전히 건강을 되찾았다면 교룡의 감시를 어렵지 않게 눈치챌 터. 그러니 함부로 객잔 안까지 따라 들어갔다간 목숨이 남아나기 힘들었을 것이다.

"천마루를 마다하고 객잔을 찾은 건 둘째 치고, 갑자기 초군사만 남겨두고 어디론가 떠나려고 했다는 점은 분명 이상하군."

"저 역시 그 부분이 마음에 걸립니다. 또 수라십팔조가 모습을 드러냈을 때 교주의 행동도 조금 이상했습니다."

"어떻게 말인가?"

"마치 귀신이라도 본 사람처럼 놀라더군요. 처음부터 수라십팔조의 존재를 몰랐던 사람처럼요."

사천홍이 고개를 돌리고 물었다.

"그게 사실이냐?"

"예, 뿐만 아니라 객잔을 나올 때는 정신이 나간 사람처럼 웃어젖히더니, 돌아갈 때는 기운이 축 빠진 사람 같았습니다."

"확실히 뭔가 있군."

사천홍의 눈빛이 깊어졌다.

지난 혈마 총회에서 교주가 처음으로 모습을 보였다. 이후 몇몇 수뇌 인사가 교주를 알현했다.

그러는 동안 미묘한 소문이 번졌다.

혈마존의 성격이 어딘지 변했다는 것.

하나 죽었다가 살아난 자들 중에는 인성이 변했다는 사람도 많다.

혈마존의 인성 역시 변할 수도 있다.

문제는 그런 이유만으로 교주의 권위를 흔들 수는 없다는 것이다. 성격이 조금 바뀌었다고 해도 혈마존은 혈마교의 주인이다.

무림의 절대지존.

한데… 단지 인성만 바뀐 것이 아니라면?

천마루를 마다하고 마을 객잔으로 간 것은 그럴 수 있다고 치자.

수라십팔조를 보고 놀란 것은 어떻게 설명해야 하나?

이 부분이 마음에 걸리는 것이다.

어떤 경우라면 그런 일이 생길까?

혈마존의 신변에 어떤 변화가 생긴 걸까?

그때 사천홍의 뇌리를 스치는 한 가지 생각.

그 생각을 엿보기라도 한 듯 교룡이 입을 열었다.

"혹시… 교주가 기억을 잃은 것이라면……."

사천홍이 입꼬리를 천천히 말아 올렸다.

"확실히 해둘 필요가 있겠군."

"어떻게 하실 생각이십니까?"

“후후. 조심스레 바늘을 던져 넣어봐야지.”

그의 눈이 반짝였다.

“대어를 낚을 차례구나.”

때마침 낚싯대가 활처럼 휘었다.

수면 아래로부터 거센 몸부림이 낚싯대를 타고 전해졌다. 내공을 운기해 힘을 조절하던 사천홍이 일순간 낚싯대를 들어 올렸다.

찰나 어른 팔뚝만 한 물고기가 수면 위로 튀어 올랐다. 동시에 사천홍의 입에서 앙천대소가 터졌다.

“크하하하하!”

*   *   *

“하아, 지루해 죽겠군.”

온몸을 축 늘어뜨리고 탁자에 엎어진 야월.

지난번 탈출 시도 이후 그는 혈마전 밖으로 단 한 발자국도 벗어날 수 없었다.

뒤늦게 객잔으로 돌아갔을 때 초비향은 그가 탈출을 시도했다는 것을 바로 알아챘다.

결국 그녀는 교주의 신변을 보호한다는 명목 하에 야월을 혈마전 밖으로 아예 나가지 못하게 했다. 이와 같은 결정에 요타와 허종악이 절대적인 찬성표를 던지면서 야월은 그야말로 닭장 속에 갇힌 닭 신세가 되고 말았다.

한데 갇힌 것보다 더 괴로운 것이 있었다.

항시 감시를 당한다는 느낌이다.

야월은 수라십팔조의 존재를 알고 난 후부터 한순간도 편한 마음을 가져 본 적이 없었다. 몸을 은신한 채 자신을 지켜보고 있을 수라십팔조를 떠올리면 행동거지 하나하나가 신경 쓰일 수밖에.

야월이 탁자에서 부스스 몸을 일으키고는 멍한 표정으로 불렀다.

“구 조장.”

“예, 교주님.”

그의 뒤로 구비검이 나타났다.

“어디 안 보이는데 가 있으면 안 될까?

“그건… 곤란합니다.”

“명령이야.”

“저희의 최우선 임무는 교주님의 안전을 지키는 것입니다.”

“명령이라니까. 당장 보이지 않는 곳으로 가.”

“…알겠습니다.”

구비검이 다시 천장으로 몸을 날리더니 이내 모습을 감췄다.

이어지는 정적.

‘정말… 갔나?

야월은 주위를 두리번거렸다.

“구 조장……?”

"예, 교주님."

이번에도 천장에서 그림자 하나가 뚝 떨어져 내렸다. 역시 구비검이었다.

'갔을 리가 없지.'

야월은 나직이 신음을 흘리곤 물었다.

"내가 뭐랬지?"

"보이지 않는 곳으로 가라고 하셔서……."

"정정하지. 내가 너희를 볼 수 없는 곳이 아니라, 너희가 날 볼 수 없는 곳으로 가."

"교주님. 그것만은 안 됩니다. 명을 거두어 주십시오."

"어떻게 하면 말을 듣겠어?"

그러자 구비검이 갑자기 무릎을 털썩 꿇었다.

"죽음으로 명에 따르겠습니다. 죽여주십시오."

'헉! 갑자기 왜 이렇게 세게 나오는 거야?'

결국 야월은 긴 한숨만을 내쉬고 혀를 찼다.

"쳇! 됐으니 그만 물러가."

"그럼."

구비검이 짤막하게 대답하더니 이내 자취를 감췄다.

정말 지긋지긋한 호신위들.

혼자만의 공간이라는 것이 이렇게 소중하게 느껴질 줄이야.

그 순간 야월의 머릿속에 한곳이 번뜩 떠올랐다.

'아, 그곳이라면!'

며칠 전, 초비향이 객잔에서 말하지 않았던가?

혈마전 내에서도 유일하게 자신만이 들어갈 수 있는 장소.

바로 마경각!

혈마전을 벗어나는 것은 아니지만 적어도 수라십팔조의 시선으로부터 자유로워질 수 있지는 않겠나?

'어차피 가봐야 온통 무공 비서밖에 없겠지만……'

하지만 누구의 감시도 받지 않을 수 있는 유일한 곳이다.

'그래, 마경각으로 가자.'

야월은 방문을 열고 나섰다.

"와, 엄청 넓잖아?"

야월은 입을 딱 벌리고 감탄을 흘렸다.

총 삼 층까지 있는 마경각.

온갖 장서를 빽빽하게 보관하고 있는 책장들의 대열을 보며 야월은 고개를 절레절레 흔들었다.

과연 자신은 이 많은 책을 다 보긴 했을까?

이전에도 야월은 혈마전 내부를 거닐면서 마경각을 겉으로 몇 번 본 적이 있었다. 그때 마경각의 규모를 대충 짐작은 했다.

하지만 직접 들어와 보니 생각보다 훨씬 넓었다.

일체의 가구도 없이 오로지 책장만으로 이루어진 공간인데다 천장이 개방형이기 때문에 그렇게 느껴지는지도 몰랐다. 즉, 마경각은 이층과 삼 층에서도 일 층을 내려다볼 수 있게 되어 있는 구조였다.

실내는 책 냄새로 가득했다.

야월은 숨을 깊이 들이마신 후 주위를 둘러보았다.

'드디어 혼자다!'

그러다 문득 드는 불안한 생각.

'설마 여기까지 따라온 건 아니겠지?'

특별히 느껴지는 기척은 없었다.

그래도 혹시나 하는 마음에 야월이 조심스레 입을 열었다.

"구 조장……?"

정적.

"구 조장? 모습을 보여라."

역시 아무도 나타나지 않았다.

드디어…….

마침내 혼자가 된 것이다.

"우하하하하!"

야월은 천장이 떠나가라 웃어젖혔다.

혼자만의 시간이 이렇게 편하고 안락한 것이었다니!

그는 사생활의 중요성을 새삼 절실히 느꼈다.

기분이 좋아지자 평소 관심도 없던 무공서도 한 번쯤 읽어
보고 싶어졌다.

어떤 것이 좋을까?

야월은 책장 사이로 걸어가며 눈에 띄는 책이 없는지 살펴
보았다.

일 층에는 무공서 외에도 온갖 잡서가 많았다. 의술에 관한

책이라든지, 약초에 관한 책들. 또는 무림의 역사에 관한 책들도 상당수 있었다.

그에 비해 이 층은 무공 비서가 주를 이루었다.

경공술, 비도술, 금나술 등.

비교적 무겁지 않은 무공 비서들이었다.

혈마존은 정말로 이 많은 것을 빠짐없이 읽은 것인지 대다수의 책 머릿장에는 그의 짤막한 서평이 적혀 있었다.

마지막으로 삼 층.

야월은 양쪽으로 늘어선 책장을 한 번씩 번갈아 보았다.

그가 선 곳을 기준으로 좌측에는 '천하제일 무공'이라는 팻말이, 우측에는 '천하제일 쓰레기'라는 팻말이 걸려 있었다.

어째서 천하제일 쓰레기나 다름없는 무공 비서를 마경각에 둔 것일까?

야월은 우선 천하제일 무공서가 있는 좌측 책장으로 걸어갔다.

그리고 가장 깊숙한 곳에 이르렀을 때.

"이건!"

수라혈마공(修羅血魔攻).

분명 책 표지에는 수라혈마공이라고 적혀 있었다.

혈마존을 중원의 악마로 만들어버린 그 마공.

'이게 내가 익힌 무공이구나.'

야월은 책을 펼쳤다.

이번에도 제일 앞장엔 혈마존이 직접 쓴 것으로 보이는 글귀가 적혀 있었다.

본 무공은 본좌가 익힌 천하제일의 마공이다. 마공 중에서도 단연 으뜸인 이 수라혈마공을 대성하면 수라혈마상을 후광으로 나타낼 수 있는 것이 특징이다. 천하제일의 절공이며 중원 천지에 이 무공보다 뛰어난 무공은 결코 없다. 누구든 이 수라혈마공을 익혀 대성한다면 천하를 발아래에 둘 수 있으리라.

자신감과 자부심이 넘치는 글.

'대, 대단하군.'

야월은 침을 꿀꺽 삼켰다.

'이렇게 대단한 마공이라면 다시 익혀도 나쁘진 않겠는데? 어쨌든 여기서 벗어나기 위해서라도 난 강해져야 하니까…….'

그가 마른 침을 삼키고 책장을 넘겼다.

그런데 예상 밖의 내용.

크하하하! 멍청한 놈이구나!

본좌가 정말 수라혈마공의 비서를 이런 곳에 놔뒀을 것이라고 생각했단 말이냐?

이 책장을 넘긴 네놈이 누군지는 모르겠지만 천하에 둘도 없는 병신이 분명하겠지!

본좌는 이미 수라혈마공을 대성한 몸.

무공 비서 따위를 이 세상에 남겨둘 이유가 어디 있겠냐? 제자 따위를 키우지 않으니 더더욱 그럴 필요가 없지!

수라혈마공의 행방이 궁금한가?

크하하하! 본좌의 뱃속에 있노라! 그것도 십 년여 전에 씹어 먹었으니 벌써 똥으로 나와 거름이 된 지 한참이노라!

내 똥이나 퍼먹어라! 크하하하!

"윽……."

야월의 표정이 무참히 일그러졌다.

과연 혈마존은 먼 훗날 자신이 기억상실에 걸릴 것을 알았을까?

절대 그럴 일은 없을 것이라 여겼을 터.

그러니 자기 자신에게 똥이나 퍼먹으라는 글 따위를 남겼겠지.

야월은 한숨을 내쉬고 책장을 덮었다.

수라혈마공을 익힌 몸이지만 결과적으로 수라혈마공을 시전할 수 없는 몸이 되고 만 상황.

이제는 오로지 요타의 영약에 기대어 기억이 돌아오길 기다리는 수밖에 없단 말인가?

하지만 그조차 절대 불가능하다는 것을 야월이 알 리가 없었다.

모처럼의 의욕이 뚝 떨어진 그는 우측의 책장으로 걸음을 옮겼다.

천하제일의 쓰레기로 분류된 무공들이 과연 어떤 것들인지 궁금해서였다.

"어디 보자… 현양신공(賢陽神功), 자양진경(字陽眞經), 경천신공(驚天神功), 자하선무공(紫霞善武功)……."

무심히 읽어가는 책의 제목들.

만약 이 소리를 다른 무인이 들었다면 자신의 귀를 의심했으리라.

그가 읽어가는 무공들은 하나같이 정파에서 최고로 꼽는 절공 중의 절공이었다.

그랬다.

혈마존은 단지 그것들이 정공에 해당하는 무공이기에 천하의 쓰레기로 분류해 놓은 것이다.

물론 그라고 어찌 그 무공들이 대단하다는 것을 몰랐을까? 정말 쓰레기라고 생각했다면 마경각 안에 무공서를 비치하지도 않았을 터.

다만 정공에 대한 막연한 배척감 때문에 그런 짓궂은 팻말을 걸어놓은 것이다.

한참을 훑어가던 야월이 문득 눈을 빛냈다.

"염라… 천기공(閻羅天氣功)……?"

굉장히 오래 된 책.

글자가 희미하게 지워져서 제목도 제대로 보이지 않았다.

왠지 손으로 잡는 순간 알 수 없는 병에 걸릴 것만 같은 낡은 책.

하지만 야월은 마치 이끌리듯이 손을 뻗어 그것을 집어 들었다.

'염라천기공이라… 뭘까?'

극렬하게 일어나는 호기심.

일 층에서부터 삼 층까지 수많은 무공 비서를 봤지만 그의 눈길을 끄는 것은 단 하나도 없었다.

아, 한 가지 꼽으라면 수라혈마공이었다.

하지만 그것 역시 허탕이었다.

그런데 이 책.

염라천기공만큼은 뭔가 다르다.

마치 책장 한쪽 구석에서 자신을 기다리고만 있었던 것 같다.

이것을 운명이라고 하는 걸까?

야월은 두근거리는 마음으로 책장을 펼쳤다.

역시나 책 앞에는 혈마존의 신랄한 평이 적혀 있었다.

이런 개사기꾼!

이 책은 개사기꾼의 개잡소리에 불과하다.

이런 무공 따위가 존재할 리가 없다.

만약 이 무공이 존재한다면 수라혈마공은 천하제일이 될 수 없을 것이다.

하지만 그럴 일은 결코 없다.

왜냐하면 이 쓰레기 글은 그야말로 개소리에 불과하니까!

뭐? 잘만 익히면 천하를 굽어볼 수 있는 무공이라고?

지랄 땡중 방귀뀌다 똥 싸는 소리 하고 자빠졌네.

정파 무인이라는 새끼가 이렇게 남을 속이는 글이나 쓰고 있으니 우리 같은 마인이 천하를 정복할 수밖에 없지!

지금까지 읽은 것들 중 최악의 쓰레기다!

야월은 헛웃음이 나올 지경이었다.

도대체 어떤 무공이기에 과거의 자신이 이처럼 신랄한 비난을 쏟아놓았을까?

지금까지 본 서평 중에서 최악이었다.

그래서일까?

야월은 더욱 호기심이 일었다.

과거 혈마존이 절대로 인정하지 않는 무공.

하지만 실존한다면 수라혈마공조차 뛰어넘을 수 있다는 무공.

'도대체 뭐라고 쓰여 있기에…….'

야월은 호기심과 기대가 섞인 마음으로 책장을 넘겼다.

다음 장에는 저자의 서문이 적혀 있었다.

그것을 읽어 내려가던 야월은 조금이나마 과거 혈마존의 기분을 이해할 수 있었다.

본 무공을 익히려는 자에게 경고한다.

지금부터 내가 기술하려는 무공은 절대 아무나 익힐 수 없는 것이다.

그렇다고 선천적으로 타고나야 하는 것도 아니다.

오로지 후천적 조건에 합당해야만 익힐 수 있는 무공이다. 하나 결코 노력만으로는 이루어질 수 없는 조건이다.

오로지 운이다.

나는 그 운을 가진 사람을 생사초월자(生死超越者)라 부른다.

생사초월자만이 이 무공을 익힐 수 있는 최소 조건을 갖춘다.

하면 생사초월자란 무엇인가?

바로 죽었다가 살아난 자들이다.

다시 말한다.

본 무공을 익히기 위해서는 한 번 이상 죽었다가 살아나야 한다. 단지 기절한 것만으로는 안 된다. 완전히 죽었다가 살아나야 한다.

무공의 이름은 염라천기공.

이름에서 알 수 있듯 염라계를 다녀온 자만이 익힐 수 있는 무공이다.

그렇다고 사마외공인가?

아니다. 이것은 어디까지나 우주의 섭리를 소화시킨 정공 중의 정공이다. 오히려 본 무공을 익히게 되면 마공을 제압할 수 있을 것이다.

다만 염라계를 다녀올 수 있는 자가 얼마나 될까?

나는 이십 년여 전, 한 번 죽은 적이 있다.

그 당시 나는 사후 세계를 보았고, 염라계에서 얻은 깨달음을 무공으로 승화시켰다.

그것이 바로 염라천기공!

만약 이 글을 읽는 당신이 염라계를 다녀오지 않은 자라면 책장을 덮어두도록 하라.

하지만 한 번 죽었다가 깨어난 자라면 천하의 절공을 익힐 기연을 얻은 것이다. 염라천기공은 전무후무한 천하제일의 무공이다.

그렇다고 염라천기공을 익히기 위해 자살할 생각은 버리도록 하라.

단언 컨데 그대가 자살을 시도한다면, 염화지옥이 얼마나 고통스러운 곳인지 몸소 느끼게 될 것이다. 영원히……．

야월은 책을 덮고 멍한 표정으로 고개를 들었다.

'정말 이런 게 있단 말이야?'

처음 몇 구절을 읽을 때는 과거 혈마존의 신랄한 비난을 이해할 수 있었다.

죽었다가 깨어난 자만이 익힐 수 있는 무공이라니.

세상에 그런 게 어디 있단 말인가

하지만 읽어가는 동안 자신도 모르게 점점 빠져들었다.

'죽었다가 살아난 자라……．'

그렇다면 자신이야말로 적격이 아닌가?

한데 너무나 허황된 이야기다.

그래서인지 오히려 신뢰가 가지 않았다.

그렇지만 마음 한구석에 자리 잡은 불신을 무시하며 야월의 심장은 빠르게 뛰었다.

염라천기공.

어쩌면 자신에게 가장 잘 맞을지도 모르는 무공.

일단 다른 것을 다 떠나서 매우 흥미롭고 재미있었다.

야월은 다시 책을 펼쳐 보았다.

염라천기공을 익히기 위해서 제일 먼저 알아야 할 것은 우리의 몸에 혈도가 있듯이 영로(靈路)라는 것이 있다는 점이다. 바로 영기(靈氣)가 흐르는 주로(主路)라고 생각하면 된다.

염라천기공은 이 영기를 다스려 익히는 무공이다.

내공을 다스리면 단전에 내단이 쌓이듯이 영공을 다스리면 단전에 영단(靈團)이 쌓인다. 이러한 영단은 내단의 두 배에 달하는 힘을 낼 수 있는 것이 특징이다.

즉, 영력 한 줌이 내력 두 줌과 비슷한 힘을 가졌다고 보면 된다.

또 한 가지 희소식은 그대가 기존에 어떤 무공을 익혔든지 그것을 필요에 따라 영공으로 전환하는 것이 가능하다는 점이다.

하면 이 영기를 어찌 다스리는가?

이것은 생사초월자라면 어렵지 않게 시도할 수 있다. 만약 무공을 익힌 경험이 있는 자라면 더욱 쉬울 것이다.

우선 내공을 운기하듯 가부좌를 틀고 앉아 눈을 감는다. 단전호흡을 하며 의식을 집중한다. 이때 눈을 감고 있으나 심안(心眼)은 뜬 상태이다. 다시 말해 눈꺼풀만 내려감았을 뿐, 진정한 의미로 아무것도 보지 않는 것은 아니라는 뜻이다.

여기서 의식을 집중해서 한 번 더 눈을 감아야 한다. 그리되면 그야말로 아무것도 보이지 않는 상태가 된다. 즉, 심안을 닫는 것이다.

빛의 유무조차 느낄 수 없는 상태.

이때 전신의 감각에 집중한다.

무언가 느껴지는가?

마치 뇌류가 흐르는 듯 찌릿찌릿한 감각이 느껴지는가?

그렇다면 성공이다.

그대는 영기를 다스릴 줄 아는 생사초월자가 분명하다.

야월은 그 자리에서 곧바로 가부좌를 틀고 앉았다.

그는 눈을 감고 모든 정신을 집중하기 시작했다.

'심안을 한 번 더 감는다.'

언뜻 이해하기 힘든 말이었지만, 야월은 그것이 무슨 뜻인지 대충 짐작할 수 있었다.

그렇게 가부좌를 틀고 앉은 지 얼마나 지났을까?

야월의 손가락이 움찔 떨었다.

전신을 타고 흐르는 뇌류 같은 것이 느껴졌다.

'설마… 이것이 영기인가!'

야월은 내심 놀랐다.

한데 놀라운 마음을 가지는 것과 동시에 영기라고 느꼈던 그 감각이 거짓말처럼 사라지는 것이 아닌가?

영기는 정신력과 가장 밀접한 기운이기에 상념이 생기게 되면 그 힘도 금방 와해되는 것이 단점인 것이다.

야월은 신기한 마음에 다시 한 번 정신을 집중했다.

이번에는 아까보다 빨리 영기를 감지해냈다.

물론 이것은 야월이 생사초월자이기에 가능한 것이었다. 만약 그가 염라계의 영향을 받은 적이 없었다면 이런 식으로 영기를 느끼기는 힘들었을 터.

야월은 책에 적힌 대로 영로를 따라 영기를 일주천하기 시작했다. 찌릿찌릿한 감각이 전신을 타고 휘돌았다. 영기가 일주천을 마치자 그 다음부터는 그 감각이 물이 흐르듯 부드러웠다.

놀랍게도 영기를 순환시킬수록 머리가 맑아지고 몸이 가벼워졌다. 갇혀만 지내느라 내내 답답한 마음이었지만, 운기를 하다 보니 그 갑갑함마저도 느낄 수 없었다.

'대단하다. 어쩌면 이 염라천기공은 사기가 아닐 지도 모르겠어!'

야월은 시간 가는 줄도 모르고 운기행공에만 집중했다.

이미 그가 마경각에 들어온 지 두 시진이나 지났지만 그는 전혀 몰랐다.

마치 구름을 타고 하늘을 나는 기분이다.

시원한 바람이 가슴 속까지 훑고 지나가는 기분.

그때 아득히 먼 곳에서 목소리가 들려왔다.

"…님."

처음에는 그 목소리가 너무 희미해서 알아들을 수가 없었다.

하지만 목소리는 조금씩 커졌다.

마치 꿈을 한창 꾸고 있을 때 누군가 옆에서 부르는 것처럼.

이윽고,

"교주님!"

"헉!"

야월이 깜짝 놀라 눈을 번쩍 떴다.

빠른 속도로 일주천하던 영기가 이내 잠잠해지며 흩어졌다.

야월이 얼른 고개를 들었다.

두 눈을 지그시 감고 선 중년인.

그의 전신에서 날카로운 기도가 느껴졌다.

분명 영기를 다스리기 전에는 느낄 수 없었던 기감이었다.

"괜찮으신지요?"

중년인이 공손하게 물었다.

상대는 말을 하면서도 여전히 눈을 감고 있는 것으로 보아 맹인이 분명했다.

하지만 허리춤에 검을 찬 것으로 보면 그 역시 무인이리라.

아마도 절정 고수일 터.

"여긴 어떻게 들어왔지? 이곳은 나만 들어올 수 있는 곳 아닌가?"

"예, 하지만 필요한 경우 저는 들어올 수 있습니다. 들어와도 아무것도 볼 수 없기 때문이지요."

중년인이 그것을 증명이라도 하려는 듯 눈을 번쩍 떴다.

그러자 허옇게 멀어 버린 두 눈자위가 드러났다.

그는 바로 마경각주 송자겸(宋子兼).

교주 이외에 마경각에 들어올 수 있는 유일한 무인이었다.

야월이 책을 책장에 꽂아 넣으며 물었다.

"그래서? 여길 들어온 이유는?"

"군사님께서 찾으십니다."

순간 야월은 슬쩍 짜증이 일어났다.

"누가 주인이고 누가 수하인지 모르겠군. 군사가 찾는다고 쪼르르 달려가야 하다니."

그가 투덜거리자 송자겸이 부드러운 목소리로 말했다.

"군사께서도 오래 기다리셨으나 워낙 반응이 없으셔서 저를 보내신 것입니다. 노여움을 푸십시오."

"오래 기다렸다고?"

"예, 계속 마경각의 종을 울렸으나 답이 없었으니까요."

마경각은 혈마존 이외의 사람이 들어올 수 없다. 때문에 급한 용무가 있을 경우에는 밖에서 기관을 작동시켜 실내에 장치되어 있는 종을 울린다.

그래도 혈마존이 나오지 않을 경우에는 송자겸이 들어오는 것이다.

한데 야월은 한 번도 종소리를 듣지 못했다.

"종을 울렸다고? 언제부터?"

"교주님께서 이곳에 들어오신 후 하루가 꼬박 지났을 때부터입니다."

"뭐? 하루?"

야월이 경악성을 터뜨렸다.

"하루라니! 내가 이곳에 들어온 지 하루가 지났단 말이야?"

"그건 아닙니다."

"그럼?"

"오늘로써 사흘째입니다. 군사께서도 이틀을 기다리시다 여전히 응답이 없으시니 혹시나 문제가 생겼을까 봐 저를 보내신 겁니다."

야월은 입을 딱 벌렸다.

상대방의 진지한 표정만 아니었다면 거짓말이라고 치부해 버렸을 것이다.

하지만 송자겸은 시종일관 진중한 표정.

도무지 거짓말을 하는 것 같지 않았다.

오히려 그가 궁금하다는 듯 물었다.

"도대체 사흘 동안이나 이곳에서 뭘 하고 계셨습니까?"

야월은 한참이나 멍하니 있다가 대답했다.

"책을 좀… 봤지."

원래 영공을 운용하는 것은 내공을 다스리는 것보다 더 깊은 집중력을 요한다. 또한 한번 집중하게 되면 빠져나오기가 더욱 힘들다.

'아무리 그래도 사흘이나 흘렀다니……'

야월이 한숨을 내쉬었다.

"초 군사가 난리 났겠군."

"걱정이 많으십니다. 어서 가보셔야 할 것 같습니다."

“그러지.”

야월은 그제야 걸음을 옮겼다.

영공을 운기한지 꼬박 사흘 만에 움직이는 것이었다.

“도대체 무슨 일이에요!”

귀청이 떨어지도록 소리치는 초비향.

야월은 미간을 찌푸리면서도 아무 말 하지 못했다.

사흘 동안이나 일방적으로 무시하고 있었으니 무슨 변명이 먹혀들겠는가?

“미안. 시간이 그렇게 흐른 줄 몰랐어.”

“갑자기 책이 좋아서 독서광이라도 되셨어요? 왜 시간이 흐른 줄 모르죠? 그보다 제가 종을 얼마나 울린 줄 아세요?”

“못 들었어.”

“도대체 그 안에서 뭘 하셨기에 모르셨어요?”

“그냥… 운기를 하다 보니까…….”

초비향이 이맛살을 곱게 찌푸렸다.

“운기를 하셨다고요?”

“그랬지.”

“그런데 종소리도 듣지 못하셨단 말이에요?”

“그랬지.”

“운기에 집중하느라 주위를 의식하지 못하는 건 초보 때나 일어나는 일이에요. 역시 교주님은 많이 약해지셨어요. 앞으로 더 강한 약을 주문해야겠어요.”

"윽."

야월은 울상이 됐지만 아무 말도 하지 못했다.

이미 저지른 잘못이 있으니 뭐라 따지겠는가?

"그런데 무슨 일이야?"

"호승궁주가 교주님께 초청장을 보내왔어요."

"초청장?"

"네, 사흘 뒤에 호승궁에서 연회가 있을 거예요. 호승궁주의 생일 때문이죠. 가실 건가요?"

"음… 가야 하지 않을까?"

"저도 지금은 주변을 살필 필요가 있다고 생각합니다."

"그럼 가는 걸로 해. 참, 흑사방도 오는가?"

"네, 흑사방의 일가가 모두 참여할 예정입니다."

"잘 됐네. 이번에 만나면 제대로 사과를 해줘야겠어."

"그리고 한 달 뒤에 수라대연(修羅大宴)이 있습니다."

야월이 고개를 갸웃거렸다.

"수라대연? 그건 뭐지?"

"일 년에 한 번 본교가 개최하는 교내 대회죠. 본교의 무인들이 서로 대련을 펼치고 기량을 보이는 날이죠. 물론 대련의 결과에 따라 계급이 오르기도 합니다. 재작년에 일개 무인이었던 자가 수라대연을 통해 눈에 띄어 혈호각주(血虎閣主)로 승급되기도 했고요."

"그렇군. 그래서 내가 할 일은?"

"딱히 교주님께서 하실 일은 없습니다. 다만 그날 역시 웬만

한 수뇌 인사들이 참여하는 만큼 말투나 행동을 조심하시기
바랍니다. 그리고 수라대연이 끝나고 열흘 뒤에는 수라대연에
서 우승한 자들과 수뇌 인사들이 함께 참여하는 사냥대회가
있습니다.”

“알겠어. 또?”

“이상입니다.”

“뭐야? 겨우 그 말을 하려고 그렇게 불러낸 거야?”

“그건 교주님께서 응답이 없으시니까 그렇죠! 정말 어찌 된
줄 알고 얼마나 놀랐는지…….”

초비향은 생각만 해도 가슴이 떨리는지 눈시울을 붉혔다.
언제나 차갑고 냉정한 그녀였지만 이렇듯 놀란 모습을 보니
야월은 왠지 미안한 마음도 들었다.

“아무튼 호승궁주는 부교주의 사람이나 다름없어요. 사흘
뒤에 있을 연회, 신중하셔야 합니다.”

말을 마친 초비향이 몸을 홱 돌리고 걸어갔다.

단단히 삐친 것이 틀림없었다.

그녀가 방을 나가자 야월은 곧바로 침상에 가부좌를 틀고
앉았다.

그는 다시 영기를 주천하기 시작했다.

＊　　　＊　　　＊

팔열궁 중의 하나인 호승궁.

호승궁은 비록 혈마교 산하에 속하지만 규모로 보자면 어지간한 문파 하나의 크기에 버금간다.

오늘은 호승궁주의 예순 번째 생일.

호승궁은 그 어느 때보다도 많은 사람으로 북적였다.

이 기회에 호승궁에 눈도장을 박아두고 그 권세에 빌붙어 지내려는 자들, 모여든 사람들끼리 친분을 쌓으려는 자들, 남의 눈치를 살피며 어쩔 수 없이 참가한 자들까지.

심지어 명문 정파의 무인들도 종종 눈에 띄었다.

때마침 대문을 통해 한 무리의 사람이 당당히 걸어 들어왔다.

바로 흑사방의 일가였다.

흑사방의 위세가 혈마교에 비할 바는 아니지만, 그래도 천하오사에 속하는지라 많은 사람이 곁눈질로 그들을 응시했다.

그중에서도 얼굴이 반반하고 훤칠한 체형을 가진 방소걸.

그는 가슴을 활짝 펴고 주위를 둘러보았다.

일종의 경계심과 시기심이 뒤섞인 미묘한 시선들.

방소걸은 그 시선을 즐겼다.

몇몇 여인은 수려한 그의 외모에 반해 눈웃음을 짓곤 했다. 그럴 때마다 그는 부드러운 미소를 지어주는 것도 잊지 않았다.

그러면서도 그는 열심히 눈을 굴려 사람을 찾았다.

'놈이 여긴 오지 않았나?'

생각만 해도 이가 갈리는 놈.

그는 얼마 전 객잔에서 마찰을 빚은 야월을 떠올렸다. 만약 다시 만난다면 수단과 방법을 가리지 않고 놈에게 굴욕을 안겨 주리라.

'놈! 나타나기만 해라!'

방소걸은 내심 이를 갈면서 주변을 살폈다.

그때 그의 아버지 방호태가 혀를 차며 나직이 일렀다.

"그리 두리번거리지 마라."

아버지의 냉랭한 어투에 방소걸이 얼른 정신을 차렸다.

방호태는 체면을 중시하는 인물이었다.

때문에 위세가 대단한 혈마교를 방문하면서도 그는 결코 위축되지 않았다. 방소걸의 안하무인한 성격도 어찌 보면 그런 아버지의 영향을 받았으리라.

방호태가 말을 이었다.

"주변을 두리번거리는 건 언제나 초식동물의 본능이다. 먹이사슬의 꼭대기에 선 자는 언제나 여유를 가지는 법이다."

"소자, 명심하겠습니다."

진중한 표정으로 답하는 아들을 보며 방호태가 고개를 끄덕이며 물었다.

"녀석이 보이더냐?"

"아직 보지 못했습니다."

"어쩌면 이런 자리에 끼일 자격이 없는 놈인지도 모르지."

하지만 그는 내심 다른 생각을 했다.

그는 일전에 아들이 객잔에서 망신당한 사건을 들었다. 그때 호위무사 주호청이 상대에게 한 수 밀렸다는 얘기까지.

물론 주호청이 방심했을 수는 있다.

실제로도 그랬다.

그러나 호체신공만으로 주호청을 눌렀다는 것은 절대 무시할 수 없는 실력.

그렇다면…….

놈은 이런 자리에 올 자격을 갖췄을 것이다.

어쩌면 대주급, 아니, 그 이상일지도.

'흥! 그래봐야 살쾡이 새끼일 뿐.'

이곳은 호랑이 숲.

살쾡이 새끼가 멋모르고 설치면 짓밟아 버리면 그만이다.

혈마교가 아무리 태산북두라지만 고작 대주 정도의 인사가 천하오사의 흑사방을 능멸할 수는 없다.

그가 차가운 표정으로 말했다.

"걱정 마라. 감히 흑사방을 무시한 대가는 톡톡히 치러야 할 것이다. 혹여 놈을 보게 되면 이 아비에게 즉시 얘기해라."

"예, 아버지."

방소걸이 고개 숙이며 답했다.

그때 마침 대청 한쪽에서 시끄러운 소리가 들리더니 호승궁주가 나타났다. 그는 곧 흑사방주를 알아보고는 환하게 웃으며 다가왔다.

"호오! 이게 누구시오? 흑사방주 참으로 오랜만이오!"

"하하! 그간 무탈하셨습니까? 감축 드립니다."

"후후, 늙어가는 것이 그리 기쁜 일만은 아니구려."

"무슨 말씀이십니까? 아직도 정정하시지 않습니까? 웬만한 요즘 애들보다도 기운이 좋아 보이십니다."

"하하하! 이제 보니 방 방주께서 노부를 놀리는구려."

"하하. 당치도 않습니다."

두 사람은 한동안 기분 좋은 인사를 주고받았다.

방호태가 소걸과 지약에게 말했다.

"인사 올려라. 호승궁주님이시다."

두 사람이 공손한 자세로 인사를 올리자 사천홍이 껄껄 웃었다.

"방 방주께서 이리 준걸이시니 자제 또한 선남선녀구려. 용봉이 따로 없소이다."

"과찬이십니다. 아직 갈 길이 한참 먼 녀석들이지요. 얼마 전에는 철부지 아들놈이 경솔하게 설쳐대는 바람에……."

방호태가 은근히 말끝을 흐렸다.

사천홍은 그가 내심 뭔가 말하려는 것을 알고 되물었다.

"무슨 언짢은 일이라도 있었소?"

"어차피 어린 녀석들의 일이긴 합니다만 잠자코 넘어가기도 불편한 부분이 있는지라……."

"무슨 일이시오? 혹 본궁과 관련이 있소?"

"사실 거기까진 모르겠습니다. 다만 귀교의 청년 하나와 제 아들 녀석 사이에 소소한 마찰이 있었나 봅니다. 그 바람에 제자 둘이 부상을 입었더군요. 분타를 맡길 때부터 그리 주의를 주었건만… 쯧.”

“흐음. 그런 일이 있었구려. 본교와 관련된 일이라니 노부가 한번 알아봐드리겠소.”

그러자 방소걸이 불쑥 나섰다.

“궁주 어르신께 꼭 부탁드리겠습니다. 그 새끼… 아니, 그자를 반드시 찾고 싶습니다. 해서 제 사제들이 진 빚을 놈에게 반드시 갚고 싶습니다.”

이에 방호태가 엄한 투로 꾸짖었다.

“물러나 있어라! 네가 함부로 나설 자리가 아니라는 걸 모르느냐?”

“하지만 아버지……!”

“어허!”

“…알겠습니다.”

방소걸이 마지못한 표정으로 물러나자 사천홍이 빙그레 웃으며 말했다.

“방 방주께서는 너무 나무라지 마십시오. 무릇 호걸이란 은혜와 원한을 각골(刻骨)하는 법이라 하지 않소? 방 소협의 기개를 노부가 한 수 배워야겠소이다. 하하.”

그 말에 방소걸은 의기양양한 표정으로 어깨를 폈다.

하나 사천홍은 내심 내뱉는 말과는 다른 생각을 가지고 있었다.

척 보기에도 방소걸은 속이 좁고 철이 없는 애송이였다. 봐줄만 한 것은 반반한 외모밖에 없었다.

감히 이 자리가 어디라고 끼어드는가?

물론 천하오사의 소방주 신분을 무시하는 것은 아니다.

하지만 끼어들 자리가 있고 조심해야 할 자리가 있다.

적어도 지금은 몸가짐에 신경 써야 할 자리다.

'쯧! 흑사방의 소방주가 철부지 애송이라는 소문이 가히 틀린 말이 아니군. 호부(虎父)에 견자(犬子)로다.'

사천홍의 눈빛에 냉소가 스쳤다.

하나 방지약을 보는 그의 시선은 사뭇 달랐다.

그녀는 방소걸보다 어림에도 불구하고 함부로 깔볼 수 없는 자태를 지녔다. 시종일관 착 가라앉은 눈빛으로 몸짓 하나하나가 절제되고 신중했다.

'쯧쯧. 아들딸의 기개가 바뀌었군. 방 방주도 근심이 크겠군.'

사천홍은 시선을 거두고 방호태를 향해 말했다.

"그 일에 대해서는 염려 마시오. 내 손을 쓰도록 하겠소. 요즘 본교의 기강이 헤이해진 것도 사실인지라……."

"어찌 그렇습니까? 예전에는 이런 일이 없었는데……."

"뭐, 여러 가지 이유가 있지요. 아직 교주께서 의식을 되찾으신지 며칠 되지 않은 탓도 있을 것이고……."

사천홍은 은연중에 교주의 탓을 드러냈다. 그러면서 얼른 흐리던 말을 이었다.

"아무튼 흑사방에 무례한 짓을 저지른 자를 그냥 넘길 수는 없지요. 그건 이 노부와 호승궁을 무시하는 것과 같은 일이 아니겠소?"

"하하. 그리 생각해 주시니 감사합니다."

"별말씀을. 자, 이리 서 있지 말고 자리에 앉읍시다."

실제로도 빈말은 아니었다.

혈마교의 무인이라면 흑사방이 호승궁과 각별한 사이라는
것을 모를 사람이 없을 터. 그럼에도 호승궁의 소방주와 마찰
을 빚었다는 것은 사천홍으로서도 가히 기분 나쁜 일이었다.

그때였다.

갑자기 방소걸의 눈동자가 화등잔만 해졌다.

그가 얼굴이 벌겋게 달아올라서는 손가락을 들어 올렸다.

"저, 저 새끼……!"

"음? 왜 그러느냐?"

방호태의 질문에 방소걸은 곁에 누가 있는지 따질 겨를도
없이 소리쳤다.

"저, 저 개자식입니다. 저 빌어 처먹을 새끼가 그날 절 엿 먹
인 놈입니다, 아버지!"

방호태가 시선을 돌렸다.

과연 대청으로 한 청년이 거침없이 걸어오고 있었다. 몹시
날카롭고 차가운 인상의 사내. 그의 곁에는 천하절색이라 해
도 좋을 만큼 아름다운 여인이 따랐다.

바로 야월과 초비향이었다.

第四章
소리장도(笑裏藏刀)

방호태는 두 가지 사실에 놀랐다.

우선 청년의 얼음장처럼 차가운 외모. 피도 눈물도 없을 것 같은 그 표정이 보는 이로 하여금 절로 경계심이 들도록 했다.

두 번째로는 그의 곁에 선 아름다운 여인. 가히 맹인도 두 눈을 번쩍 뜨게 할 만큼 수려한 용모였다.

강인해 보이는 사내와 미녀라…….

결코 좋은 현상이 아니다.

방호태는 강호에서 수많은 경험을 쌓은 고수다. 그의 노회함이 머릿속에서 무언의 경고를 내렸다.

가벼이 볼 상대가 아니라고. 신중을 기해야 한다고.

그때 귓가에 닿는 사천홍의 목소리.

“교, 교주님……?”

방호태가 움찔 놀라서 사천홍을 돌아봤다.

사천홍은 청년을 보며 서 있었다.

바로 아들이 가리킨 그 개자식을 보며.

순간 방호태가 웃음을 터뜨렸다.

“하하하! 사 궁주님, 농이 지나치십니다. 저를 놀릴 생각이라면 그만…….”

그 순간 사천홍의 표정이 팍 일그러지더니 방호태를 사납게 흘겼다. 그 기세에 방호태가 움찔 떨고는 천천히 고개를 돌렸다.

야월이 대청 안으로 들어섰다.

그때였다.

이미 야월을 본 순간부터 씨근거리던 방소걸이 상황을 제대로 판단하기도 전에 불쑥 나섰다.

“너 이놈 잘 만났구나! 이 개새끼, 내 오늘만 기다렸다! 지금 당장……!”

“무엄한지고!”

순간 사천홍이 손을 뻗어 방소걸의 어깨를 쳤다.

그로서는 가볍게 밀어낸 것이지만 무방비로 서 있던 방소걸은 튕기듯 날아가 탁자를 엎으며 쓰러졌다.

우당탕!

와장창!

한바탕 요란한 소리가 울리며 방소걸이 음식과 함께 나뒹굴었다.

아들이 추한 꼴을 보이자 방호태도 눈이 뒤집혔다.

"사 궁주! 이게 무슨 짓이오! 내 아들을……."

"닥치시오! 방 방주!"

사천홍이 장삼자락까지 부풀리며 소리치자, 방호태가 흠칫거리며 입을 다물었다.

사태가 심상치 않았다.

하면 정말 저 청년이 혈마교주 혈마존?

방호태는 이제 똥이라도 씹은 표정이었다.

한편 갑자기 벌어진 소란에 야월은 어리둥절했다.

그러나 그 표정이 남이 볼 땐 몹시 불쾌하다는 기색으로 비쳤다. 그의 본래 인상이 워낙 사납기 때문이었다.

그 표정을 본 사천홍이 인상을 구겼다.

낭패다.

조심스레 접근해서 오늘 그의 기억을 시험해 볼 생각이었다. 한데 초장부터 애송이 녀석 때문에 망친 것이다.

'저 멍청한 놈 때문에……!'

그가 싸늘한 시선으로 방소걸을 흘겼다.

그때 초비향이 냉랭한 어조로 말을 뱉었다.

"호승궁주께선 예를 갖추지 않고 뭐하십니까?"

그제야 퍼뜩 정신을 차린 사천홍이 털썩 무릎을 꿇으며 포권했다.

"교주님을 뵙습니다!"

이어서 대청 안팎에 있던 혈마교의 무인들이 일제히 무릎을 꿇고 포권했다.

"교주님을 뵙습니다!"

그들의 목소리가 장내를 쩌렁쩌렁 울렸다.

방호태는 비로소 최악의 상황을 실감했다.

하필이면 아들 녀석이 혈마교주를 건드릴 줄이야!

하지만 방소걸은 아직도 상황파악이 제대로 되지 않았다. 졸지에 사천홍에게 일격을 당한데다 난생처음 많은 사람 앞에서 추태를 보였으니 제정신이 아니었다.

그가 비틀거리며 일어났다.

"이, 이게 무슨… 도대체 왜 네놈이… 어째서 사람들이 네놈을 교주라고…….."

일이 더 커지기 전에 나선 사람은 바로 그의 아버지 방호태였다.

"이 멍청한 놈!"

빠악!

그의 주먹이 방소걸의 머리를 사정없이 후려쳤다.

내력은 실리지 않았다.

하나 권사로 이름을 날린 방호태가 아닌가?

이마가 깨진 방소걸이 그 자리에 고꾸라지고 말았다.

방호태가 다시 성큼 다가서는데, 방지약이 얼른 앞을 막아서며 말렸다.

"아버지."

방호태가 그녀를 옆으로 밀어냈다.

"비켜라! 내 저 한심한 놈을 오늘 내 손으로 쳐 죽이고 말겠다."

"고정하셔요, 아버지."

방지약이 다시 다가와 그의 팔을 붙들었다.

하지만 방호태는 딸의 손길을 뿌리치곤 쓰러진 방소걸을 발로 걷어찼다.

퍽! 퍽! 퍽!

"이 멍청한 녀석!"

방지약이 다시 그의 팔을 붙들었다.

"아버지. 이러다 정말 죽을지도 모릅니다."

이번에는 그 어느 때보다도 단호한 목소리였다.

그제야 방호태가 발길질을 멈췄다. 그는 한참 씨근거리며 아들을 잡아먹을 듯 노려보았다.

방소걸은 이미 내부가 진탕되어 제대로 설 수조차 없었다.

잠시 후 방호태가 야월을 향해 돌아서며 포권했다.

"교주님. 천지분간 못하는 제 아들 녀석이 큰 실수를 저질렀습니다."

"아… 음… 사실 사과는 본좌가 먼저 하려고 했는데……."

말을 하던 야월이 입을 다물었다.

초비향이 전음으로 그의 입을 막았기 때문이다.

뒤미처 방호태가 목소리에 힘을 주며 말했다.

"당치도 않습니다! 그 말씀을 거두어주십시오! 교주님께서는 노여움을 푸십시오.”

그는 혈마존이 제대로 화가 났다고 생각했다.

그러지 않고서야 천하제일의 악인인 그가 사과를 운운하겠나?

그는 어렴풋이 들은 과거의 이야기를 떠올렸다.

오 년여 전, 혈마존을 알아보지 못한 중소 문파에서 작은 실수를 저질렀다. 그들이 저잣거리에서 혈마존과 어깨를 부딪친 것이다. 그들은 혈마존에게 당당히 사과를 요구했다. 혈마존은 그들에게 사과했다. 그리고 다음날 그 문파는 역사 속으로 사라졌다.

혈마교의 타격대가 하루아침에 그들을 멸문시켜 버린 것이다.

혈마존의 명령 한 마디로.

그런 혈마존이다.

물론 천하오사 중 하나인 흑사방을 지방의 이름 없는 문파와 비교하면 오산이다.

하지만 혈마존의 불 같은 성격이라면 일이 어찌 번질지 알 수 없다. 그는 맹장(猛將)이지만 명장(名將)은 아니다. 그런 상대를 두고 맞불을 놓을 수는 없지 않나? 우선은 잘못을 인정하고 고개를 숙여야 할 때다.

야월이 다시 말했다.

“본좌도 정말 미안한 마음을 가지고 있소. 그러니 사과를 하려고……”

"정 그러시다면 이 못난 녀석을 직접 내 손으로 죽이겠습니다!"

야월의 말을 막아선 방호태가 몸을 휙 돌리더니 방소걸 앞에 섰다.

그가 오른 손을 번쩍 들어 올렸다.

말아 쥔 주먹이 이내 시커멓게 물들었다.

흑사방이 자랑하는 독문무공, 흑수강공(黑手强攻)이 발현된 것이다.

야월은 환장할 심정이었다.

그로서는 진심으로 사과의 뜻을 전한 것인데 상대가 저렇듯 강경하게 나오니 어찌할 바를 몰랐다.

한편 초비향은 상대가 진심으로 아들을 죽이려는 것은 아닐 것이라고 짐작했다. 그저 혈마존이 먼저 손을 쓰기 전에 스스로 과한 행동을 취함으로써 사태를 무마시키려는 속셈이리라.

반면 방호태가 정말 일격으로 아들을 죽이기 바라는 사람도 있었다.

바로 호승궁주 사천홍.

'이거 일이 재미있게 돌아가는군. 만약 방 방주가 이런 식으로 아들을 죽이면 흑사방은 교주에게 완전히 등을 돌리게 될 터. 나쁘진 않군. 후후.'

하나의 상황에서 각자 다른 생각을 가진 사람들.

그 사이 방호태가 어금니를 꽉 깨물더니 정말 주먹을 내려쳤다.

누군가 그 모습을 보고 비명을 질렀다.

초비향이 얼른 야월에게 전음을 날렸다.

[연기일 뿐입니다. 나서실 필요……!]

하나 그보다 야월의 움직임이 조금 더 빨랐다.

찰나지간 야월이 용수철처럼 튀어 나가더니 방소걸의 머리로 떨어지던 방호태의 주먹을 쳐 냈다.

퍽!

그러나 여전히 혈마존의 몸에 익숙하지 않은 야월.

그는 일시적으로 뿜어진 내력을 이겨내지 못하고 필요 이상의 힘을 쏟아냈다.

그 바람에 방호태가 휘청거리며 물러나다 탁자가 있는 곳으로 넘어갔다. 이를 본 야월이 다시 달려가 그의 손을 잡아 당겼다.

"조심……!"

순간 방호태는 야월이 자신을 공격하는 것인 줄 알고 얼른 손을 빼내며 다른 손으로 야월의 팔을 쳐 냈다.

한데 야월의 손이 휙 뒤집히더니 그 손마저 낚아채는 것이 아닌가?

야월은 단지 방호태가 넘어지는 것을 막기 위해 붙잡은 것이었다.

그의 선량한 의도야 어찌 됐든 결과적으로는 조금 다른 현상이 나타나고 말았다.

우두두둑!

“크읏!”

방호태가 짤막히 신음을 뱉었다.

어깨뼈가 탈골된 것이다.

그러나 그는 지난번 그의 제자들처럼 비명을 지르거나 고통스러워하지 않았다. 단지 짧은 신음을 한차례 뱉은 것이 전부였다.

때문에 야월은 그의 어깨뼈가 탈골됐다는 사실을 눈치채지 못했다.

야월이 뒤로 몇 걸음 물러나며 말했다.

“방 방주는 어찌 이만한 일로 자식을 죽이려 하오? 내가 용서했으니 그만하시오.”

방호태는 비로소 여유를 찾은 척했다.

그는 남은 손으로 탈골된 어깨뼈를 맞춘 후 포권하며 말했다.

“교주님의 넓은 이해심에 깊이 감사드립니다.”

그러더니 그는 쓰러진 방소걸에게 걸어가 머리채를 잡아 끌고왔다.

“으으… 아버지…….”

“시끄럽다! 네놈은 우리 가문에 수치를 안긴 놈이다! 어서 교주께 사죄드리도록 해라!”

그가 야월 앞으로 데려온 방소걸의 머리를 짓눌렀다.

방소걸이 바닥에 이마를 찧으며 소리쳤다.

“잘, 잘못 했습니다, 교주님. 제 실수를 용, 용서해 주십시오.”

“이미 용서했네.”

야월이 한숨을 쉬며 말하자 방호태는 그제야 방지약을 돌아보며 말했다.

“이 꼴도 보기 싫은 녀석을 집으로 데려가거라.”

방지약은 가볍게 고개를 끄덕여 보이고는 방소걸을 부축해 일으켰다.

이미 피투성이가 된 채 몰골이 엉망으로 변해 버린 방소걸.

방지약이 그를 부축한 채 야월을 향해 고개를 숙였다.

“일전에 뵌 적이 있지요. 그땐 저 역시 교주님을 미처 몰라뵈었습니다. 죄송합니다.”

“그리 사과할 만한 일은 아니야.”

“이해해 주서서 감사합니다. 그럼… 다음에 다시 뵐 날을 기대하겠습니다.”

방지약은 공손히 읍을 한 다음 걸음을 돌렸다.

마지막 순간 방소걸은 원망과 분노가 가득 서린 눈길로 야월을 한차례 쏘아보았다. 하지만 그 시선은 아주 짧았기에 다른 사람들이 미처 알아볼 수 없었다. 다만 방호태는 아들의 독기 어린 시선을 알았지만 모른 척했다.

사천홍은 멀어져 가는 방소걸과 방지약을 보며 내심 흡족한 미소를 지었다.

비록 흑사방이 최악의 상황은 면했지만, 적어도 교주에 대한 감정이 호의적이진 않을 터.

부교주가 반역을 일으키기 위해서는 안팎으로 많은 우군이 필요했다.

흑사방을 끌어들인다면 천하오사의 힘도 얻을지도 모른다.

그리고 또 하나.

조금 전 교주는 흑사방주와 손을 섞었다.

그때 이상하게도 교주의 움직임이 부자연스러웠다.

비록 방호태의 어깨를 탈골시켰다지만 아무런 의미가 없는 것이다.

마치 의도와 달리 상대의 어깨를 탈골시킨 느낌.

그렇다. 그건 실수를 한 것과 같은 인상을 주었다. 게다가 어쩐지 교주는 상대의 어깨가 탈골된 줄도 모르는 듯했다.

'과연 미심쩍은 것이 한둘이 아니군.'

사천홍이 생각에 잠겨 있는데 한쪽에서 소란스러워지더니 누군가 나타났다.

"허어, 이 좋은 날 어찌 분위기가 이리 뒤숭숭하오?"

사람들이 고개를 돌려보니 선풍도골의 풍채를 지닌 노인이 대청으로 들어서고 있었다.

바로 포열궁주 귀숙이었다.

그는 야월을 보자마자 무릎을 꿇고 포권했다.

"포열궁주 귀숙이 교주님을 뵙습니다."

"어서 오시오. 귀 궁주."

야월의 대답을 들은 귀숙은 공손한 자세로 몸을 일으켰다. 그는 가볍게 읍을 한 다음 사천홍을 돌아보며 축하를 건넸다.

"사 궁주, 생신을 감축드리오이다."

“고맙소. 귀 궁주.”

떨떠름한 표정으로 대답하는 사천홍.

사실 그는 귀숙을 탐탁지 않게 여겼다.

본래 팔한궁과 팔열궁은 대체로 사이가 좋지 않았다. 부교주가 수차례 팔한궁을 포섭하려 했지만 의도대로 되지 않았던 것이다.

귀숙이 주위를 둘러보며 물었다.

“한데… 무슨 일이 있었소?”

그의 시선이 부서진 탁자와 널브러진 음식들에 향했다. 시종들이 그것들을 부랴부랴 치우고 있었다.

“하하. 별일은 아니오이다. 자, 이렇게 서 있지 말고 자리에 앉읍시다. 교주님, 자리에 앉으시지요. 제가 안내해 드리겠습니다.”

사천홍이 얼른 앞장섰다.

뜻밖의 소동이 있었지만 연회는 정상적으로 진행됐다.

대청에는 연회에 참가한 궁주, 원주 등 수뇌 인사들이 탁자를 놓고 마주 앉았다.

물론 대청 밖에도 수많은 강호 인사가 찾아와 자리를 차지하고 앉아 떠들썩하게 술잔을 기울였다.

당연히 야월은 가장 상석에 앉았다. 그의 곁에는 초비향이 앉았다. 맞은편에는 사천홍과 귀숙, 그리고 흑사방주가 있었다. 다른 궁주나 원주들보다도 흑사방주를 가까이 앉힌 것은 그만큼 사천홍이 그를 각별히 대한다는 뜻이기도 했다.

"흐음. 그런 일이 있었구려."

방호태로부터 조금 전 일에 대해 전해들은 귀숙이 고개를 끄덕였다.

그가 씁쓸한 웃음을 그렸다.

"교주님을 모셔놓고 큰 결례를 저질렀구려."

그가 은근히 질책을 하자 사천홍이 슬쩍 이맛살을 구겼다.

그러나 곧 호탕하게 웃으며 대꾸했다.

"하하, 살다 보면 이런저런 오해도 생기는 법 아니겠소이까?"

"물론 그렇소. 다만 강호에서는 그 한 번의 오해로 자칫 생사를 논하는 은원이 생기니 조심해야겠지요."

뼈 있는 말을 꺼낸 귀숙이 껄껄 너털웃음을 지었다.

두 사람 사이에 냉랭한 기운이 흘렀다.

그야말로 웃음 뒤에서 칼을 벼르는 상황.

그때 대청 한쪽이 시끌시끌하더니 시종들이 뭔가를 가득 들고 나타났다.

그것들은 식재료와 각종 조리 도구들이었다.

시종들은 순식간에 조리대를 설치하고 식재료를 나열했다.

사람들의 시선이 향한 가운데 사천홍이 미소를 지으며 말했다.

"제가 즉석요리를 좋아하는 터라 준비해 보았습니다."

그의 말에 사람들은 기대와 호기심을 품고 그 과정을 지켜보았다.

조리대가 완성되자 숙수가 그 앞에 섰다. 다부진 근육질의 중년인이었다.

그가 먼저 손질 된 고깃덩이를 도마 위에 올려두었다.

"저건 무엇입니까?"

방호태의 질문에 사천홍이 껄껄 웃으며 답했다.

"양고기와 말고기지요. 특히 내가 좋아하는 부위라오."

"이거 사 궁주님 덕분에 귀한 요리를 맛보게 생겼습니다."

"하하! 몸에 좋고 귀한 재료들을 많이 넣을 것이니 사양 말고 드시길 바라오. 물론 그전에 숙수의 요리 솜씨 또한 볼 만한 구경거리일 거외다."

과연 숙수는 현란한 손놀림으로 요리를 시작했다. 도마에 놓인 식재료들은 빠른 박자를 타며 칼에 썰려 나갔고, 화로에 올린 철판은 '치익!' 소리를 내며 익어갔다.

숙수의 손놀림이 어찌나 빠른지 마치 타악기의 합주를 보고 듣는 기분이었다.

요리를 지켜보던 방호태가 어느 순간 눈을 반짝였다.

숙수가 부리는 칼날에 은은한 기운이 맺힌 것을 발견한 것이다.

그가 감탄했다.

"호오! 내공을 익힌 자군요."

"허허. 그렇소. 도기를 이용해서 식재료를 다지니 맛이 더욱 특별하더이다."

"과연 놀라운 솜씨입니다. 벌써부터 군침이 도는군요."

아닌 게 아니라 지켜보는 사람들은 저마다 침을 꿀꺽 삼켰다.

화로에서 끓는 구수한 육수 냄새.

달궈진 철판에서 풍기는 고소한 향기.

게다가 먹음직스럽게 보이는 고기와 양념까지.

대청은 물론 마당까지 그 향기가 퍼져 나가니 사람들이 저마다 입맛을 다셨다.

물론 사람들이 앉은 탁자에도 이미 많은 음식이 놓여 있었다. 그 음식들 역시 범인이라면 평소에 먹기 힘든 것들이었다.

하지만 눈앞에서 펼쳐지는 현란한 요리 과정을 보고 있자니 이미 만들어진 음식에는 좀처럼 손이 가지 않았다.

진귀한 음식을 바로 앞에 두고도 배가 고파지는 이상한 현상.

화르르르륵!

"오오오!"

철판에서 커다란 불길이 치솟자 사람들이 감탄을 터뜨렸다.

이제 숙수의 이마에도 땀방울이 송골송골 맺혔다.

시간이 흐르고 숙수의 이마에 땀방울이 늘어갈수록 음식의 향기 또한 진해져 갔다.

지켜보던 야월 역시 침을 꿀꺽 삼켰다.

후각을 강하게 자극하는 요리.

식욕을 참기 힘들었다.

그런 야월을 곁눈질로 힐끔거리던 사천홍이 빙그레 웃으며
말했다.

"그러고 보니 예전에는 교주님께서 직접 저희들에게 요리
를 만들어주신 적도 많았지요."

야월이 초비향을 돌아보자 그녀가 미세하게 고개를 끄덕였
다.

[사실입니다.]

야월이 술잔을 들어 올리며 태연하게 대꾸했다.

"그랬었지."

"하하. 특히 전투 중에 교주님께서 직접 요리를 만들어주시
곤 했는데, 저희가 요리를 먹는 동안 교주님께서는 마두금(馬
頭琴)을 연주하시곤 했지요. 그때마다 본교의 사기는 하늘을
찌를 듯했습지요."

"하하. 그랬나?"

"물론입니다. 지금도 교주님의 요리와 마두금의 그 음율은
잊을 수가 없습니다. 아마 멸마신검(滅魔神劍) 위천우(魏天牛)
라도 교주님 앞에 무릎을 꿇을 것입니다."

"후후, 고맙군."

그때 초비향이 설명을 덧붙였다.

[멸마신검 위천우는 정도맹의 인물로 본교의 원수나 다름없
는 놈이지요. 본교와 관련된 자라면 누구라도 찾아 죽이는 자
입니다.]

그때 사람들의 입에서 탄성이 흘러나왔다.

드디어 숙수의 요리가 끝난 것이다.

숙수는 철판을 그대로 들고 야월 등이 앉은 탁자로 걸어왔다. 그가 탁자 앞에 무릎을 꿇더니 공손한 자세로 철판을 올려놓았다.

"부족한 실력이지만 모쪼록 입맛에 맞으시길 바라겠습니다."

"수고했네."

사천홍이 숙수를 격려해 주고는 야월을 돌아보았다.

"교주님, 드셔보십시오. 교주님의 요리 실력에는 미치지 못하겠으나 이자의 요리도 제법 깊이가 있습니다."

"그럼 잘 먹겠소."

야월이 젓가락을 들어 올렸다.

내심 기다리던 순간.

사실 아까부터 당장 철판에 담긴 요리를 입에 쓸어 담고 싶은 심정이었다.

그동안 얼마나 쓰디 쓴 약만 먹었던가?

물론 매 끼니가 진수성찬이긴 했다.

하지만 건강을 생각한다는 이유 때문에 모든 음식이 어딘지 심심했던 것도 사실.

드디어 잘 익은 양념고기를 한 점 입에 넣으려는 순간,

"잠시만 기다려주십시오, 교주님."

초비향이 불쑥 나섰다.

고기 한 점을 젓가락으로 짚고 멈춰 버린 야월.

그가 원망이 담긴 시선으로 초비향을 바라보았다.

의아한 표정으로 그녀를 바라보는 사람들.

다만 사천홍만이 올 것이 왔다는 듯 담담한 얼굴이었다.

야월이 짐짓 짜증이 섞인 투로 물었다.

"왜 그러나? 군사."

"잠시 확인해 봐야 할 것이 있습니다. 아직 드시지 마시길 바랍니다."

그러더니 그녀가 자리에서 일어나 조리대로 걸어갔다.

사람들의 시선 역시 그녀를 따라갔다.

그녀는 조리대에 놓인 식재료들을 꼼꼼히 살폈다.

마침내 그녀의 시선이 흑색 가루가 담긴 그릇에 멈췄다.

그릇을 들고 냄새를 맡아보는 초비향.

그녀가 고개를 들고 숙수를 향해 물었다.

"이 재료가 뭐지?"

숙수가 고개를 조아리며 대답했다.

"적토묘(赤土猫)의 흑조(黑爪)를 곱게 간 것입니다."

적토묘는 전신이 피처럼 붉은 털로 뒤덮인 고양이다. 이 고양이의 또 다른 특징은 발톱이 검다는 것이다.

초비향이 물어본 그 식재료는 바로 적토묘의 발톱을 간 것이다. 적토묘는 영물에 속하는데 특히 그 발톱의 효능이 좋아 귀한 약재로 쓰이기도 한다.

숙수의 대답에 대청과 마당에 모인 사람들이 웅성거렸다.

그처럼 귀한 재료가 들어갔으니 모두들 국물에 혀라도 한

번 대보고 싶은 심정.

하나 초비향은 야월 곁으로 돌아와 무감한 표정으로 말했다.

"드시면 안 됩니다, 교주님."

"뭐?"

야월이 깜짝 놀라 물었다.

사천홍 역시 이맛살을 찌푸리며 물었다.

"어째서 그렇소? 군사께서도 적토묘의 흑조가 얼마나 귀한 재료인지 아시지 않소?"

"물론 그것이 나쁘다는 것은 아닙니다. 하지만 상성이라는 것이 있지요. 지금 교주님께서는 의식을 찾으신지 얼마 되지 않으셨기 때문에 보신 중이십니다. 현재 드시는 영약과 적토묘는 서로 상충되기 때문에 드시면 안 되는 겁니다."

"흐음. 그런 이유라니⋯ 대체 교주님께서 드시는 약재가 무엇이오?"

"궁금한 것이 많으시군요. 사 궁주."

초비향의 싸늘한 대꾸에 사천홍이 헛기침을 하며 외면했다.

"커험! 그저 안타까워서 그렇소이다."

그러는 동안에도 야월은 고기 한 점을 집은 젓가락을 차마 내려놓지 못했다.

야월이 무섭게 일그러진 표정으로 초비향을 돌아보았다.

"딱 하나도⋯ 먹을 수 없는 건가?"

"안 됩니다, 교주님."

초비향의 단호한 대답.

결국 야월은 어금니를 깨물었다.

먹음직스러운 향기를 가득 풍기는 진귀한 요리를 눈앞에 두고도 먹을 수가 없다니!

야월은 어쩔 수 없이 젓가락을 탁자에 탁 내려놓았다. 그 순간,

쩌정!

요란한 소리가 울리더니 탁자가 그대로 두 동강이 나고 말았다.

역시 이번에도 힘 조절이 제대로 되지 않은 탓.

탁자가 기울어지자 그 위에 놓인 철판 역시 미끄러지며 음식들이 바닥에 쏟아지고 말았다.

"아아……! 저런……!"

사람들이 저마다 탄식을 터뜨렸다.

그야말로 그림의 떡이 되고 만 상황.

대청 바닥에 쏟아진 이 진귀한 요리는 이제 개나 줘야 할 판.

졸지에 일이 커지니 야월은 어찌할 바를 몰랐다.

아쉬운 마음에 젓가락을 힘주어 내려놓긴 했지만 탁자가 부서질 줄이야.

그러나 악랄한 인상이라면 둘째라 해도 서러울 혈마존.

그의 당황한 표정은 남들이 보기에 충분히 화난 표정으로 비쳤다.

누구보다 겁에 질린 사람은 숙수였다.

탁자가 부서지자마자 바닥에 넙죽 엎드리며 이마를 찧는 숙수.

"죽, 죽여주십시오! 교주님! 그런 사정이 있는 줄은 몰랐습니다!"

야월이 슬쩍 초비향을 돌아보았다.

어찌해야 할지 묻는 것이다.

자신이 일부러 그런 것이 아니라는 것을 아는 사람은 그녀뿐이었으므로.

[죽여 버리는 것도 괜찮은 방법입니다. 어쨌거나 음식을 놓고 능멸한 셈이 됐으니까요. 과거의 교주님이라면 죽이셨을 수도 있습니다.]

남의 속도 모른 채 냉랭한 말만 내뱉는 초비향.

야월은 남모르게 한숨을 내쉬었다.

'물어본 내가 잘못이지.'

야월이 난감해한다는 것을 눈치챈 초비향이 다시 전음을 보냈다.

[죽일 생각이 없으시면 그냥 물러가라고 하십시오.]

야월이 고개를 끄덕이고는 입을 열었다.

"좋은 날 피를 보고 싶지는 않으니 썩 물러가라."

명이 떨어지자 숙수는 몇 차례나 바닥에 이마를 찧고는 물러갔다.

사천홍이 고개를 조아리며 넌지시 말했다.

"교주님, 모두 제 불찰입니다. 노여움을 푸십시오."

"사 궁주야 내 사정을 몰랐으니 그럴 수도 있지 않겠나? 이미 마음은 풀었으니 개의치 마시게."

"이해해 주시니 감사할 따름입니다."

"오히려 좋은 날 두 번씩이나 어수선한 분위기를 만들어 미안하군."

"당치도 않습니다. 제가 면목이 없습니다."

"그나저나 음식들은 참 아깝게 됐군. 본좌 때문에 모두들 맛도 보지 못했으니."

야월의 시선이 바닥으로 향했다. 시종들이 바닥에 흩어진 음식들을 부랴부랴 쓸어 담고 있었다.

귀숙이 고개를 저었다.

"아닙니다, 교주님. 어차피 교주님께서 드시지 못하신다면 저 또한 맛볼 생각이 없었습니다."

그러자 사천홍이 다시 끼어들었다.

"어차피 숙수의 요리는 교주님의 실력에 미치지 못했을 겁니다."

"나도 예전 같진 않아."

그러자 사천홍이 눈빛을 빛내며 말을 이었다.

"그럴 리가 있겠습니까? 그러고 보니 교주님께서 손수 만들어주셨던 그 음식들이 그립군요. 이왕 이리 된 것 교주님께서 오랜만에 실력을 발휘해 보시는 것은 어떨는지요?"

"본좌가 직접 요리를?"

그때 귀숙이 이맛살을 찌푸리며 끼어들었다.

"사 궁주께서는 말이 되는 소리를 하시오. 어찌 감히 교주님께 그런 부탁을 드린단 말이오? 듣는 나도 불편하구려."

"험! 오히려 귀 궁주께서 예민하게 받아들이는구려. 예전부터 교주님께서는 요리를 즐겨 하셨고, 또 오늘 일이 이렇게 되어 안타까워 꺼낸 말이외다. 한데 꼭 그런 식으로 말씀하셔야겠소이까?"

"그럼 지금 교주님께서 사 궁주의 생일상을 차려 바쳐도 이상할 것이 없다는 뜻이오?"

"거참! 말을 해도!"

사천홍이 불편한 기색을 드러내며 소리쳤다.

귀숙은 가만히 허연 수염을 쓸어내리다 자리에서 일어났다.

"아무래도 이 자리는 불편하구려. 나는 이만 가보리다."

"멀리 나가지 않겠소."

사천홍이 냉랭하게 말했다.

그러는 사이 야월은 가만히 생각에 잠겼다.

그는 얼마 전 요타가 한 말이 떠올랐다.

"가능한 과거의 상황과 흡사한 조건을 갖추는 것이 좋습니다. 비슷한 상황에 놓이게 되면 잃었던 기억이 되돌아올 수도 있기 때문입니다. 가령 교주님의 취미와 습관을 이어가는 것도 하나의 방법이 될 수 있지요. 취화조도 그래서 다시 침소로 보내드렸던 것이지요."

그렇잖아도 야월은 사천홍에게 미안한 마음이 있었다.

먼저 방소결과의 일도 그러했고, 조금 전 탁자를 부순 것도 마음에 걸렸다.

하면 생일 선물로 요리를 해주는 것도 나쁘진 않으리라.

'흐음. 내가 정말 과거에 요리를 잘했단 말이지?'

한편 사천홍은 야월의 눈치를 살폈다.

만약 혈마존이 정말 요리를 하게 된다면 그의 기억이 온전한 것인지 알 수 있으리라.

"좋아. 내 오늘 사 궁주에게 생일 선물로 직접 요리를 해주지."

"정말이십니까? 교주님의 은혜가 하해와 같습니다."

사천홍이 포권하며 머리를 깊이 조아렸다.

야월이 귀숙을 보며 말했다.

"귀 궁주도 내 요리를 맛보고 가게."

"아닙니다, 교주님. 제가 어찌 감히 가만히 앉아서 교주님의 요리를 맛 볼 수 있겠습니까?"

"하하, 하지만 과거에는 전투 중에 종종 있던 일이 아니었나?"

물론 야월은 기억하지 못하지만 전해들은 이야기로 대충 둘러댄 것이다.

귀숙이 고개를 저었다.

"하나 그때와 지금은 상황이 다르다고 생각합니다. 저는 교주님이 베푸신 마음만 감사히 받고 물러가겠습니다."

"아쉽군. 그럼 다음에 또 보지."

“예, 교주님.”

귀숙이 깊이 읍을 하더니 몸을 빼냈다.

야월은 멀어져가는 그의 모습을 가만히 바라보다 걸음을 옮겼다. 초비향의 전음이 뒤를 따랐다.

[대체 어쩔 생각이십니까? 설마 기억이 돌아오기라도 하셨습니까?]

야월이 보일 듯 말 듯 고개를 저었다.

그 뜻을 알아듣고 초비향이 다시 전음을 보냈다.

[한데 왜 사 궁주의 제안을 받아들이신 겁니까?]

야월은 답하지 않았다.

아니, 답할 수 없었다.

아직 그는 전음을 사용할 줄 몰랐으니까.

다만 초비향은 어렴풋이 야월의 의도를 짐작은 할 수 있었다. 아마 요리를 하면서 과거의 기억을 되살려 보려는 의도일 터.

하지만 하필 이럴 때라니.

초비향이 초조해하거나 말거나 야월은 조리대 앞에 섰다.

요타의 말이 다시 떠올랐다.

“극한의 상황에 몰려 있을 때 더욱 기억이 돌아오기 쉽습니다. 때문에 절체절명의 순간 기억이 돌아오는 환자들이 많지요. 너무 일상적이고 편안한 순간보다는 심리적 부담이 고조되어 있을 때 뇌가 더욱 활발하게 움직이기 때문입니다.”

그랬다.

야월은 일부러 이러한 부담을 진 것이다.

반드시 기억을 떠올려야만 하는 심리적 부담.

더 이상 편안히 앉아서 기억이 돌아오기만 기다리는 것은 의미가 없다.

오히려 이런 극한의 상황에 처하면 기억이 돌아올 가능성이 있다고 했다.

야월은 지금 그 부분을 노려보는 것이다.

그가 숨을 깊이 들이마셨다가 내쉬었다.

찬찬히 식재료를 훑어보았다.

거의 대부분의 식재료가 조금 전 숙수가 사용하던 것과 동일했다. 적토묘의 흑조까지 그대로 놓여 있었다.

이제 어쩐다?

그때 다시 떠오르는 요타의 말.

"기억이 나지 않을 때는 그저 몸이 가는대로 행하십시오. 본능에 맡기는 겁니다. 뇌가 기억하지 못하는 것을 몸이 기억하는 경우도 있기 때문입니다. 초조해하지 마시고 그저 자유롭게 행동하십시오. 그러다 보면 기억이 돌아올 수 있을 겁니다. 설혹 기억이 돌아오지 않는다 하더라도 신체의 능력만은 돌아올 가능성이 높습니다."

야월은 이 말만큼은 확실히 믿었다.

가끔씩 자신이 탁자를 부수거나 상대방을 골절시킬 때가 바로 그런 경우가 아니겠나?

머리는 기억하지 못하지만 몸이 기억하는 경우.

하나 야월은 한 가지 사실을 간과하고 있었다.

요리는 조금 다르다는 것을.

사물을 부수거나 상대를 탈골시키는 것은 오로지 신체적 능력에만 국한된다.

하지만 요리는 생각을 해야 한다.

오로지 신체적 능력에만 맡길 수는 없는 법.

즉, 기억이 돌아오지 않으면 요리 솜씨가 온전히 발휘되기 힘들다는 것이다.

어쨌거나 이미 엎질러진 물.

이제 많은 사람이 지켜보는 가운데 요리를 해야만 하는 야월.

'그래, 마음 가는 대로 몸 가는대로 해보는 거지, 뭐.'

이윽고 야월이 손을 뻗었다.

第五章
이것이 진국이오

　야월은 먼저 고깃덩이를 도마 위에 올렸다. 그리고 칼을 쥐고 고기를 썰어갔다.

　어떤 요리를 만들 것인지는 전혀 생각하지 않았다.

　그저 손이 가는 대로, 마음이 가는 대로 움직일 뿐이었다.

　망설임도 없었다.

　말 그대로 기분 내키는 대로 하는 요리.

　각종 식재료와 양념을 버무려가며 요리를 진행하자 우선 겉보기에는 그럴싸했다.

　대청과 마당에 모인 사람들이 모두 기대와 호기심을 품고 야월의 요리 과정을 지켜보았다.

　사천홍의 눈매가 가늘어졌다.

그는 요리에 대해서 잘 알지 못했다.

다만 야월의 행동이 워낙 거침없으니 기억을 잃은 것이 아닐지도 모르겠다는 생각이 들었다.

그래도 확실히 해두는 것이 좋을 터.

그가 손가락을 까닥였다.

"부르셨습니까?"

조금 전 물러갔던 숙수가 몸을 사리며 다가와 나직이 물었다.

사천홍이 그에게 작은 목소리로 물었다.

"지금 저 요리가 무엇인가?"

숙수는 고개를 들고 야월의 요리를 지켜보았다.

야월은 쉴 새 없이 손을 놀렸다.

식재료를 빠르게 다졌고, 불목하니들에게는 끊임없이 풀무질을 시켜 화로를 뜨겁게 달궜다.

한데 숙수가 아무리 지켜봐도 당최 무슨 요리인지 알 수가 없었다.

그가 머리를 조아리며 나직이 말했다.

"죄송합니다, 저로서도 무슨 요리인지 도무지……."

사천홍이 혀를 찼다.

"쯧, 쓸모없는 녀석. 썩 물러가라."

숙수는 다시 한 번 깊이 머리를 숙이고는 물러갔다.

그를 나무라긴 했지만 사천홍은 어느 정도 이해할 수 있었다.

예전부터 혈마존은 본인이 직접 개발한 음식을 좋아했다. 중원 어디에서도 먹어볼 수 없는 신기한 요리도 많았다. 그것들은 하나같이 맛있었다.

그러니 요리에 능한 숙수라 할지라도 교주의 요리가 무엇인지 알아보기는 힘들었을 것이다.

맛있는 향기가 대청에 풍기기 시작했다.

화로에서 익어가는 고기 역시 양념과 잘 버물어져 그럴싸한 모습을 갖췄다.

야월은 탁자에 놓인 식재료들을 아낌없이 쏟아부었다.

본인이 어떤 요리를 만드는 것인지도 모른 채 그저 본능에 충실할 뿐이었다.

사실 요리를 한다기보다는 어린 아이가 장난을 치는 것과 비슷한 기분이었다.

탁탁탁탁탁!

치이이익! 치익!

도마와 불판에서 터져 나오는 먹음직스러운 비명.

동시에 지켜보는 사람들의 뱃속에서는 천둥같은 비명이 터져 나왔다.

꼬로로록!

사람들이 저마다 귓속말로 술렁였다.

"과연 혈마교주의 요리가 천하일미라더니 장난이 아니군."

"이 사람아, 자네와 나 같은 무인은 평생가도 못 먹을 걸세."

“그래도 냄새라도 맡긴 하는군. 정말 냄새만 맡으면 먹고 죽어도 좋을 것 같네.”

“식재료들이 워낙 좋으니 향기가 좋군. 하지만 맛은 먹어 본 자만이 아는 것 아니겠나?”

모두들 군침을 삼키며 속닥였다.

아마 지나가는 거지가 이 광경을 보았다면 욕을 사발로 퍼부었으리라.

진수성찬을 눈앞에 두고 못 먹을 떡만 바라보는 꼴이라니.

그렇게 시간이 더 흐르고 이윽고 요리가 완성됐다.

야월의 요리 과정은 생각보다 화려하진 않았다.

오히려 숙수의 요리 과정이 더욱 화려했다.

하지만 명성의 힘이었을까?

아니면 그만큼 시간이 더 지체됐기 때문일까?

사람들은 조금 전보다 더욱 식탐에 사로잡혔다.

철판의 요리를 그릇에 담은 야월이 이마에 맺힌 땀을 훔쳐내며 말했다.

“대충 끝난 것 같군.”

그러자 시종들이 얼른 다가와 요리가 담긴 그릇을 들고 탁자로 옮겼다. 모두 두 접시였는데, 하나는 사천홍이 있던 자리로, 다른 하나는 교내 수뇌 인사들의 탁자로 옮겨졌다.

하지만 교주에 대한 예의를 지키려는 몇몇 무인은 일절 젓가락을 들지 않았다. 귀숙과 같은 뜻을 나타내는 것이다.

다만 사천홍을 비롯한 반존 세력의 사람들은 망설임없이 젓가락을 집었다.

먼저 사천홍이 일어나 포권하며 말했다.

"교주님께서 내리신 음식, 감사히 먹겠습니다."

"후후. 입맛에 맞을지 모르겠소."

그때 시종 하나가 뭔가를 들고 나타났다.

시종이 들고 있는 것은 바로 마두금이라는 악기.

본래 몽고인들의 악기인데, 과거 혈마존이 자주 연주를 하던 것이다.

마두금을 알아 본 초비향이 눈썹을 성큼 치켜 올리며 사천홍을 보았다.

"지금 뭐하자는 겁니까?"

예기가 서린 그녀의 목소리에 사천홍이 내심 인상을 썼다.

'건방진 계집년 같으니라고!'

하지만 그는 속마음을 애써 갈무리하며 무뚝뚝하게 되물었다.

"무슨 말을 그리 거칠게 하시오? 군사."

"이 시종이 마두금을 왜 가지고 나온 거냐고 묻는 겁니다. 설마 이번엔 교주님께 악기 연주까지 바라시는 겁니까?"

"군사, 말씀이 지나치시군! 나는 그저 옛 일이 떠올라서 미리 준비해둔 것뿐이외다. 교주님께서는 늘 요리를 하신 후에 악기를 연주하셨으니 오늘도 흥이 나실까 싶어 준비한 것뿐이오. 어디 말해보시오. 내가 교주님께 악기를 연주해달라고 말씀 올린 적이 있소? 없소?"

물론 이 또한 사천홍의 속셈이었다.

만약 교주가 기억이 온전하다면 마두금을 연주하는 실력 역시 고스란히 남아 있을 터.

초비향이 발끈해서 대꾸하려는데, 야월이 손을 들어 제지했다.

"그만하지, 초군사. 나도 오랜만에 연주해보고 싶군."

야월이 이렇게까지 나오자 초비향도 더는 아무 말을 할 수 없었다.

대신 야월을 향해 전음을 날렸다.

[대체 무슨 생각이십니까?]

야월은 가만히 자리에 앉아 마두금을 세워놓았다. 사실 말은 꺼냈지만 당장 마두금이라는 악기를 처음 보았으니 어떻게 연주해야 하는지도 알 수가 없었다.

야월이 초비향을 슬쩍 보았다.

'잔소리만 하지 말고 이걸 연주하는 방법이나 알려주지 그래? 이런 극한의 상황에 몰려야 기억이 돌아올 가능성이 있다고 했단 말이야.'

초비향이 그의 속생각을 읽기라도 한 것인지 길게 한숨을 내쉬고 전음을 보내왔다.

[우선 마두금을 비스듬히 세워놓으십시오. 그리고 왼손으로 줄을 잡고 활로 그 줄을 문질러 소리를 내시는 겁니다.]

'그렇군.'

야월은 초비향이 시키는 대로 자세를 잡았다.

이따금씩 어색한 자세가 되면 초비향이 바로 전음을 보내 고치도록 했다.

한편 사천홍은 그릇에 담긴 요리를 물끄러미 바라보았다.

음양오행의 조화가 잘 어우러진 듯 갖가지 색을 발하는 요리.

사실 연회가 시작되자마자 여러 가지 일이 터지는 바람에 제대로 음식도 맛보지 못한 그였다.

그러다 보니 지금은 저잣거리에 널린 국수조차도 맛있게 먹을 수 있을 상태.

'우선은 먹어봐야 알겠지.'

사천홍이 굳은 표정으로 젓가락을 들었다.

사람들이 모두 그만 바라보았다.

오늘의 주인공은 사천홍.

그가 먼저 시식을 하면 다른 사람들도 젓가락을 집어들 참이었다.

사천홍이 젓가락으로 고기를 한 점 집어 입에 넣었다. 다음 순간,

"……!"

사천홍의 표정이 흠칫 굳었다.

'이게 무슨 개똥같은 맛……!'

아닌 게 아니라 요리는 정말 맛이 없었다.

아니, 맛이 없다는 표현으로는 부족하다.

그야말로 목구멍으로 넘기는 순간 구토가 치밀어 오를 것만

같은 맛.

지금까지 수십 년을 살아오면서 온갖 요리를 다 먹어왔다.

어떤 것은 입에 닿는 순간 녹아버릴 정도로 맛있었고, 어떤 것은 입에 닿는 순간 혀가 썩어버릴 정도로 맛이 없었다.

하지만 오늘 먹은 이 요리.

이건 지금까지 먹어본 그 어떤 것과도 비교할 수가 없었다.

'차라리 똥을 씹어 먹는 게 낫겠군!'

전신에서 식은땀이 났다.

요리를 먹으면서 식은땀이 흐를 수 있다는 게 신기했다.

정말 소름이 끼치도록 맛이 없다. 아니, 이것을 '맛' 이라고 표현해야 한다는 것이 괴로울 정도.

온갖 비싸고 귀한 식재료를 넣고 이딴 것을 만들어 버리다니!

사천홍은 당장에라도 입에 넣은 것을 뱉어 버리고 찬물로 입가심을 하고 싶었다. 아니, 한바탕 구토를 해야만 속이 시원할 것 같았다.

하지만 많은 사람이 지켜보는 가운데 그런 추태를 보일 수는 없는 노릇.

그때 들리는 야월의 목소리.

"어떤가? 내 요리가."

야월은 다소 기대에 찬 표정으로 미소를 지었다.

하나 그것이 사천홍이 보기에는 명백한 조소!

'아뿔싸! 당했구나! 내가 요리를 해달라고 해서 교주가 화가

난 모양이구나! 그래서 일부러 이딴 음식을……!'

야월이 시무룩해져서 말했다.

"아무래도 별로 맛이 없나보군. 말이 없는 걸 보니."

하나 그 시무룩한 표정이 다른 이에겐 몹시 노한 인상으로 비쳤다.

사천홍은 정신을 퍼뜩 차렸다.

사람들이 이렇게 많은 곳에서 교주의 음식이 쓰레기라고 했다간 자신의 목이 남아나지 않을 터.

그가 고기를 질겅질겅 씹어 꿀꺽 삼키고는 말했다.

"맛이 없다니요! 하하핫! 정말 맛있습니다. 저는 방금 중원을 보았습니다! 양떼가 초원을 뛰어놀고, 본교 무인들이 말을 타고 평야를 질주하는 장면이 떠올랐습니다. 바로 이 요리는 그런 맛이었습니다! 제 평생에 다시 맛 볼 수 없는 개 쓰레기… 아니, 계속 먹고 싶은 최고의 맛이었습니다! 앞으로 양고기와 말고기를 볼 때마다 교주님께서 하사하신 오늘의 요리가 생각날 것 같습니다!"

"하하! 정말인가? 그것 참 다행이군. 그럼 사양 말고 어서 드시게."

"하하하. 너무 맛있어서 아껴두고 먹고 싶습니다, 교주님!"

"그러지 마시게. 내 요리가 맛있다니 그릇을 깨끗이 비우는 모습을 보고 싶군."

야월의 말에 사천홍은 썩은 표정이 되고 말았다.

'저 쓰레기 엿 같은 것을 다 먹어치우란 말인가?

그가 흠칫거리자 야월이 고개를 갸웃거리고 물었다.

"왜 그러나?"

"아, 아닙니다! 그럼 교주님의 요리 세계에 한 번 빠져보겠습니다! 하하하!"

사천홍은 다시 젓가락을 들고 고기를 집었다.

야월이 말했다.

"하하, 그렇게 아끼지 말고 팍팍 드시게. 많이 집어 먹으란 말일세."

"예… 예, 그럽지요."

사천홍은 어쩔 수 없이 고기를 가득 집어 다시 입에 털어 넣었다.

그가 눈을 질끈 감고 꾹꾹 씹었다.

뱃속에서 아우성을 질렀다.

제발 이딴 쓰레기는 그만 좀 집어넣으라고. 사람이 먹을 수 있는 것을 집어넣으라는 비명이 들렸다.

한편 사천홍이 맛있게 먹자, 다른 사람들도 허겁지겁 음식을 먹기 시작했다.

그리고 어김없이 찾아오는 그 순간,

"……!"

"……!"

모두 석상처럼 굳었다.

도무지 인간이 먹어서는 안 될 것을 섭취한 기분.

분위기가 묘하게 변한 것을 눈치챈 야월이 다시 사람들을 향해 물었다.

"왜들 그러나? 맛이 이상한가?"

그러자 저마다 벌떡 일어나 포권하며 말했다.

"과연 교주님의 요리가 천하일미라더니! 오늘에서야 그 진정한 맛을 느꼈습니다! 저는 방금 황하를 건너는 말떼를 보았습니다. 너른 강물을 헤엄치는 말떼들이 어느 순간 승천하여 구름을 타는 맛입니다!"

"저 역시 교주님의 요리에 감탄했습니다! 저는 너른 초원에서 말을 타고 양떼를 모는 기분이었습니다. 지금도 양떼의 울음소리가 제 귀에 쟁쟁 울립니다. 이 맛은 죽어서도 잊지 못할 것입니다!"

"저는 양떼의 웃음을 보았습니다! 말과 양이 서로 하나가 되었습니다! 말과 양이 서로 짝짓기를 하는 맛입니다!"

도대체 무슨 뜻인지 해석하기도 힘든 시식평까지 쏟아졌다.

물론 하나 같이 마음에도 없는 말들.

그러던 중 당주 한 명이 일어나 포권하며 말했다.

"전… 저는… 너무… 감격해서 눈물이… 우웁!"

당주는 말을 마저 잇지 못하고 자리를 박차고 달려 나갔다. 음식 맛을 보지 못한 사람들은 정말 그가 감격한 줄 알았지만, 음식을 먹은 자들의 생각은 달랐다.

'멍청한 놈! 구토를 참지 못하다니!'

반면 야월은 그들의 평을 곧이곧대로 믿었다.

'결국 기억은 돌아오지 않았지만 실력은 녹슬지 않은 모양

이군.’

그가 만면에 미소를 지으며 말했다.

“모두들 본좌의 요리가 그처럼 맛있다니 기분이 좋군. 음식은 남기지 않는 것이 좋으니 사양 말고 들도록.”

“감, 감사합니다, 교주님!”

사람들이 하얗게 질린 얼굴로 답했다.

그들에게 야월의 미소는 이미 세상에서 가장 흉악한 악소(惡笑)였다.

그들 역시 혈마존이 단단히 화가 났다고 생각했다.

모두의 눈길이 사천홍에게 향했다.

힐책이 담긴 시선.

교주를 무시하고 생일상을 차리게 한 벌이 자신들에게도 내려졌다고 생각한 것이다.

물론 야월의 음식을 맛보지 못한 사람들은 정말 대단한 요리가 나온 모양이라고 생각할 수밖에 없었지만.

이 상황에 적응하지 못한 또 한 명.

바로 초비향.

그녀는 음식을 먹은 자들이 저마다 감탄을 쏟아내는 것을 보고 고개를 갸웃거렸다. 그저 입에 발린 소리를 하는 것인지 진심으로 하는 말인지 이해할 수가 없었다. 입에 발린 말이라고 하기에는 표현들이 너무 격하지 않은가?

결국 그녀도 젓가락을 들어 양념만 살짝 찍어 맛을 보았다.

“……!”

뱃속에서부터 치밀어 오르는 뭔가가 느껴졌다.

그것은 내장의 분노.

초비향은 손수건을 꺼내 입을 닦는 척하면서 찍어 먹었던 양념을 고스란히 뱉어냈다.

도저히 인간이 먹을 수 있는 것이 아니었다.

그제야 그녀는 사람들의 반응을 이해할 수 있었다.

이건 요리를 못한다는 수준이 아니다.

훌륭한 식재료를 가지고 이런 맛을 내기란 여간 어려운 것이 아니다.

사람들은 모두 야월이 진정으로 화가 났다고 생각하는 것이다.

모든 상황을 이해한 초비향이 내심 웃었다.

'이건 이것대로 나쁘지 않겠군.'

그러는 사이 야월은 의자에 앉아 마두금을 세우고 연주를 준비했다.

그 모습을 본 사천홍이 새파랗게 질린 얼굴로 말했다.

"교주님, 생각해보니 제가 어리석었습니다. 이런 개 같은… 아니, 몹시 훌륭한 요리를 맛보는 것만으로도 행운일진데 교주님의 연주까지 들으려했다니요. 제게는 과분합니다."

만약 이대로 화가 난 교주가 악기 연주까지 하면 무슨 일이 벌어질지 알 수 없었다. 해서 미리 차단에 나선 것이다.

하나 야월은 고집을 꺾지 않았다.

"하하. 사양 말게. 내 오랜만에 한번 연주해 보고 싶군."

"교, 교주님……."

"흠. 왜 그러나?"

"아, 아닙니다. 죄송합니다. 죽을죄를……."

"후후. 무슨 소리를 하는지 모르겠군. 내가 하고 싶어서 하겠다는 것인데."

"…알겠습니다."

사천홍은 참담한 표정이었다.

'야단났군. 정말 화가 난 게지.'

그런 속을 아는지 모르는지 야월은 진지한 자세로 마두금을 바로 잡았다.

그리고 활을 켜기 시작했다. 다음 순간,

끼이이잉!

키이잉! 삐이이이이이이이익!

고막을 찢어발기는 소리.

천장이 울리고 탁자가 '다다닥' 떠는 소리를 내질렀다.

거대한 소음이 주변 사물들과 마구잡이로 공명을 일으켰다.

대청 밖에서 듣고 있던 사람들 중 내공이 약한 몇몇은 귀를 틀어막으며 주저앉고 말았다.

사천홍을 비롯한 고수들은 어금니를 질끈 깨물고 내공을 최대한 끌어올려 청각을 보호했다.

어떤 이는 내공의 깊이를 얕보이고 싶지 않아서 무리하게 참다가 이내 코피까지 흘리며 쓰러지는 자들도 있었다.

사천홍은 소음을 견디며 속으로 욕지기를 뱉어냈다.

'제기랄! 차라리 욕을 하고 나무랄 것이지! 이런 식으로 나올 줄이야! 개같이 더러운 성질머리는 여전하구나! 혈마!'

말이 소음이지 사실 음공(音攻)에 가까운 소리.

결국 견디다 못한 초비향은 슬며시 야월의 등 뒤로 돌아가 귀를 막았다.

하지만 사람들의 이러한 반응을 전혀 의식하지 못하는 단 한 사람.

바로 야월.

그는 지금 마두금을 켜는 것에 온 신경을 집중하느라 주위를 둘러볼 여유가 없었다.

이윽고 절정 고수들 역시 고통을 참지 못하고 손을 들어 귀를 틀어막기 시작했다.

그러거나 말거나 울려대는 마두금 소리.

키이이이이잉!

지이잉! 삐이이이이익!

"아아악! 제발 좀 그만!"

누군가 참지 못하고 비명을 질렀다.

하지만 바로 옆 사람조차 그 목소리를 듣지 못했다.

마두금이 내지르는 소리가 워낙 컸기 때문에 그의 목소리가 곧바로 묻혀 버린 것이다.

이제 사람들은 비명과 신음을 터뜨리며 하나둘 주저앉기 시작했다.

그들은 모두 확신했다.

혈마존이 몹시 화가 났다고.

어떤 이들은 바닥에 엎드려 귀를 틀어막은 채 눈물까지 흘렸다.

궁주나 원주들 중 몇몇은 사천홍을 매섭게 노려보았다.

왜 하필 이런 자리를 만들어 우리까지 애먹이느냐는 질책이 담긴 시선.

사천홍은 이를 바드득 갈았다.

'제기랄! 골이 울리는 것 같군! 교주… 이런 식으로 나올 줄이야. 하나 이런 음공을 이용하면 내공 소진이 심할 터인즉. 오래 연주할 수는 없을 테지!'

하나 그는 잘못 알고 있었다.

지금 야월은 내공을 운용해서 마두금을 연주하는 것이 아니었다.

그가 얼마 전에 익힌 염라천기공.

마두금의 소리에 녹아든 것은 내공이 아니라 바로 염라천기공의 영공이었다.

때문에 내공을 끌어올려도 영공의 영향을 받은 소리가 그들의 뇌를 송두리째 흔들고 있는 것이다. 만약 이 소리를 일각 정도 듣게 되면 절정 고수가 아닌 이상 모두 미쳐 버리고 말리라.

영공이 녹아든 소리는 상대에게 내상을 입히는 것이 아니라 영혼에 직접적인 손상을 주기 때문이다.

다만 영공을 익힌 야월만이 그 소리에 무감할 수 있었다.

아니, 오히려 야월에게는 그 소리가 음율처럼 들렸다. 그가 익힌 영공이 소리에 맞춰 운공됐기 때문이다.

키, 키이이이이이이잉!

"으아아아악!"

이제 마두금 소리가 고조될 때마다 자연히 뒤따르는 비명.

사천홍도 입술을 질끈 깨물었다.

입가에 맺힌 피가 턱을 타고 흘러내렸다.

'빌어먹을…! 교주, 이 정도일 줄이야…!'

떨리는 손, 후들거리는 다리.

만약 의자에 앉아서 연주하는 자가 혈마존만 아니었어도 일장에 머리를 쳐 죽였으리라.

그러던 어느 순간,

따앙!

티잉!

연달아 소리가 터지더니 천지를 격동시키던 소음이 뚝 그쳤다.

마두금의 줄이 공명을 견디지 못하고 끊어져 버린 것이다.

야월이 당황한 마음에 고개를 들고 말했다.

"이거 미안하게 됐군. 줄이 끊어져 버려서… 음? 그런데 다들 왜 그러지?"

야월은 그제야 대청과 마당에 쓰러져 신음하는 자들을 보았다.

몇몇은 눈물과 콧물까지 흘리고 있었다.

사천홍을 비롯한 절정 이상의 고수들은 몸을 가늘게 떨며 간신히 서 있었다.

야월이 고개를 갸웃거리고는 물었다.

"어디 불편한가? 사 궁주?"

사천홍은 욕지기가 목구멍까지 치밀어 올랐지만 애써 눌러 삼켰다.

'불편? 불편하냐고? 어찌 그리 뻔뻔한 질문을! 과연 교주, 오늘 일을 내 절대 잊지 않겠소!'

그가 속마음을 꾸역꾸역 누르고는 입꼬리를 치켜 올렸다.

"하, 하하. 절, 절대 그런 것은 아닙니다. 다, 다만 교주님의 음악 소리가… 너, 너무 듣기 좋아서… 감탄으로 몸이 떨, 떨리는군요."

"정말 그 정도였나?"

"물, 물론입니다. 보, 보십시오. 아예 주저앉아 눈물을 흘리는 자들도 있지 않습니까? 얼, 얼마나 감동을 했으면……."

야월은 그제야 미소를 지었다.

물론 만인들이 섬뜩하게 여기는 그 미소를.

야월은 바닥에 쓰러져 우는 자들 중에 귀혈당주(鬼血堂主)에게 시선을 던졌다. 일전에 총회에서 본 기억이 있는 자였다.

"그대는 귀혈당주로군. 어떤가? 정말 본좌의 연주가 그처럼 감격스러웠나?"

그러자 귀혈당주가 비틀거리며 일어나 포권하며 말했다.

"물, 물론입니다, 교, 교주님. 교주님의 연주는 언제 들어도 훌, 훌륭합니다. 갑자기 돌아가신 부모님이 그리워 눈물을 감출 수 없었습니다. 추한 모습을 보여드려 죄송합니다."

"후후. 다행이군. 그처럼 좋았다니 내 또 연주를 해주고 싶으나 마두금 줄이 끊어져 버리고 말았으니 안타깝네."

"아, 아닙니다! 이미 속하는 충분히 교주님의 깊은 마음을 깨달았습니다."

"이해해줘서 고맙군."

야월이 부드럽게 이르고는 사천홍을 돌아보았다.

"사 궁주. 그처럼 듣기 좋았다니 나도 기분이 좋군. 해서 좀 더 연주를 해주고 싶은데 마두금이 또 있으면 가져다주겠나?"

순간 대청의 모든 사람이 대경실색해서 입을 척 벌렸다. 그들 모두 흑빛으로 변한 얼굴로 사천홍을 바라보았다.

모두가 한결같은 시선.

만약 사천홍이 또 마두금을 준비했다가는 누구 한 명이 칼을 뽑아들고 죽이겠다고 달려들어도 이상할 것이 없는 분위기.

하나 더 이상 이 빌어먹을 소음을 듣기 싫은 것은 사천홍도 마찬가지.

그가 식은땀을 흘리며 입을 열었다.

"송, 송구합니다, 교주님. 마두금을 미처 더 준비해 두지는 못했습니다."

"흐음. 그런가? 아쉽지만 어쩔 수 없지."

그의 말에 모두들 안도의 한숨을 내쉬었다.

그러나 야월이 듣기에는 그것이 못내 아쉬운 한숨으로 들릴 뿐.

그가 사람들을 둘러보며 웃었다.

"하하. 그리 아쉬워할 필요 없소. 언젠가 본좌가 다시 한 번 모두를 위해 연주해 줄 테니."

사람들은 그저 해쓱한 표정으로 억지웃음을 쏟을 뿐이었다.

＊　　　＊　　　＊

"어떻게 그럴 생각을 하셨습니까?"

초비향이 마차 안에서 야월을 향해 물었다.

두 사람은 호승궁에서 나와 혈마전으로 향하는 마차에 몸을 실었다.

야월이 고개를 갸웃거렸다.

"뭐가?"

"호승궁에서 말입니다. 마두금으로 음공을 펼치실 생각을 어찌 하셨습니까?"

"음공이라니?"

야월이 의아한 표정으로 묻자 초비향이 고개를 갸웃거렸다.

"그럼… 음공을 펼치신 게 아니란 말씀인가요?"

"글쎄. 음공이라면 무공을 말하는 건가?"

초비향이 고개를 끄덕였다.

어쨌든 내공을 운용해서 상대를 공격하는 방법이니 무공은 무공이다.

한데 야월이 고개를 저었다.

"난 그런 적 없는 걸?"

순간 싸늘한 생각이 드는 초비향.

"그럼 정말… 진심으로 연주하신 겁니까?"

"물론이지. 아, 비향이 듣기에는 어땠어? 내 연주."

초비향은 어이가 없었다.

"어땠냐뇨? 그게 대체 무슨 곡이었는데요?"

"나야 모르지. 그냥 즉흥곡이었으니까. 생각나는 대로. 나는 꽤 괜찮았다고 생각하는데. 비향의 취향은 아니었나보군?"

"그게 괜찮았다고요? 그 소음이?"

"소음이라니. 말이 너무 심하잖아."

야월이 슬며시 눈살을 찌푸렸다.

그 표정에 못내 섭섭한 감정이 녹아 있었다.

초비향은 가만히 야월을 바라보았다.

이 사람, 지금 진심일까?

아무리 자신이 연주한 것이라지만 그 소음을 어떻게 '괜찮은 곡'이라고 표현할 수 있단 말인가?

초비향이 한숨을 내쉬었다.

"예전에 교주님은 정말 연주를 잘 하셨습니다. 오늘처럼 그런 소음이 아니라 진짜 연주를요. 그리고 즉흥곡이 아니라 과거 제 사부님인 악수라(樂修羅)님이 만든 곡을 연주하셨죠."

"내가 연주한 곡이 그 곡은 아니란 말이군?"

"당연히 아니죠. 어떻게 그 소음을 그 곡에 비교할 수 있겠어요?"

"쳇, 그렇다고 소음이라고 표현하는 건 너무하잖아?"

"아뇨. 오늘 그 소리는 분명히 소음이었어요."

"이봐, 비향. 내 음악 세계가 비향의 마음에 안 들 수도 있겠지. 하지만 오늘 내 음악을 듣고 감동해서 눈물까지 흘린 사람들도 있어. 그 사람들까지 그렇게 싸잡아 무시하면 안 돼."

"정말 그 사람들이 감동해서 눈물을 흘렸다고 생각하세요?"

"그럼. 그 사람들이 어디 아파서 눈물을 흘렸겠어?"

"네!"

초비향이 단호하게 대답했다.

아파서 흘린 눈물이다.

그것이 확실한 정답이다.

하지만 야월은 한숨을 푹 내쉬고는 고개를 설레설레 저었다.

"말이 안 통하는군. 비향이 이런 억지를 부릴 때도 다 있다니. 음악적 세계에 관해서는 악수라를 정말 존경했나보군."

"억지가 아니라 사실을 말 하는 겁니다!"

"됐어, 됐어. 알겠다고. 그렇다고 치자."

"설마 교주님, 그럼 오늘 하신 요리도 정말 스스로 잘 하셨다고 생각하시는……."

"뭐야? 이제는 내 요리까지 걸고넘어지는 거야?"

"걸고넘어지는 게 아니라……."

"그럼? 사람들이 지금 내 요리가 맛이 없는데도 아첨을 떨었단 말이잖아?"

"그렇습니다."

"너무하네. 정말."

야월이 삐친 표정으로 고개를 홱 돌려 버렸다.

초비향은 지금 아무리 말해 봐야 오해만 생길 것 같아서 입을 다물어 버렸다.

'하지만 반드시 나중에라도 알려드려야겠어. 처음에는 운이 좋았지만 이런 일이 반복되면 누군가는 눈치채겠지.'

그녀의 생각을 아는지 모르는지 야월이 창밖을 보며 시큰둥하게 말했다.

"오늘 요리, 비향은 제대로 먹지 않았으니까 그런 소리를 하는 거야. 나중에 내가 비향만을 위한 요리를 만들어 줄 테니까 꼭 먹어봐. 그리고 비향만을 위한 악기 연주도 해주지. 분명 듣기 좋을 거야."

초비향은 입을 딱 벌렸다.

그녀는 가까운 시일 내에 진실을 확실히 알려줘야겠다고 다시 한 번 다짐했다.

'절대 듣지도 먹지도 않을 겁니다!'

第六章
이게 웬 떡!

까아악! 까악!

까마귀의 울음이 서녘의 노을을 찢었다.

높은 절벽을 병풍처럼 두른 장원.

바로 신마전(新魔殿)이다.

혈마교 총타에서 부교주가 머무는 곳.

절벽 위에 솟은 소나무 가지에 까마귀가 내려앉아 신마전을 굽어보았다.

신마전의 어둑한 실내에는 십여 명의 사람이 서로 적당한 거리를 두고 마주 앉아 있었다.

엄숙한 분위기.

가부좌를 틀고 앉은 사람들은 모두 부교주의 직속 수하이거나 그와 손잡은 교내 수뇌 인사들.

물론 그중에는 호승궁주 사천홍도 있었다.

그리고 실내 안쪽 쳐진 진주 주렴.

주렴 너머로 몸의 굴곡이 아찔한 나신의 여인들이 비쳤다. 그녀들이 한 남자를 뱀처럼 꾸물거리며 둘러쌌다. 바로 부교주 좌천패였다.

상의를 벗은 좌천패는 나이에 어울리지 않게 탄탄한 몸이었다. 외모로만 보면 중년으로 보일 정도다.

그가 껄껄 웃음을 터뜨렸다.

"고생이 많았겠군, 사 궁주."

그는 얼마 전 연회에서 사천홍이 치른 고역을 말하는 것이다. 이미 그날의 이야기는 교내에 파다하게 퍼졌다.

소문의 내용은 이러했다.

사천홍이 교주에게 무리한 요구를 했고, 화가 난 교주는 개도 못 먹을 요리를 만들어 주었다. 그것을 먹은 자들은 사흘 밤낮 동안 피똥을 싸야 했다는 것이다.

적어도 요리를 먹은 자들의 증상에 관해서는 사실이었다.

사천홍은 아직도 항문이 따끔거리는 것을 느끼며 고개를 조아렸다.

"면목 없습니다."

"하하하. 사 궁주야 본좌를 위해 잘 해보려다 당한 일이 아닌가? 그리 낙담할 필요는 없네."

"헤아려 주셔서 감사합니다."

사천홍이 착잡한 마음으로 대답했다.

그때 한쪽에서 불쑥 튀어나오는 날카로운 목소리.

"그렇게 뭐든 지나치면 독이 되는 법이외다. 그날 교주가 그 정도로 넘어간 것도 다행인 줄 아시오."

그는 아비궁주(阿鼻宮主) 곽추목(郭秋木)으로 후덕한 살집에 가늘게 찢어진 눈이 인상적인 자였다.

그 역시 지난번 호승궁의 연회에 참여했다가 교주의 요리를 먹고 지난 사흘 동안 고생을 했다. 엉덩이의 그 부위가 따끔거릴 때마다 그는 사천홍을 향해 욕지기를 퍼붓곤 했다.

곽추목의 힐난에 사천홍이 넌지시 불편한 표정으로 대꾸했다.

"하나 교주의 상태가 의심스러웠던 상황이라 그랬소."

"그러니 계략을 쓰더라도 좀 그럴듯한 방법을 써야지. 대체 그게 뭐요? 도대체 그 계략은 누가 생각해 낸 거요?"

사천홍의 이맛살이 팍 구겨졌다.

그가 낮게 깔린 목소리로 으르렁거렸다.

"내가 냈소."

"그것 보시오. 군사가 괜히 있는 것이 아니란 말이외다. 거 괜히 머리도 별로 좋지 않으면서……."

그러자 사천홍 뒤에 무릎을 꿇고 앉아 있던 교릉이 눈을 매섭게 치뜨며 불쑥 말했다.

"말씀이 지나치십니다, 곽 궁주님."

"뭣이? 지금 네놈이 이 자리가 어디라고 함부로 끼어드느냐? 허참, 도대체 애들 관리를 어찌하기에……."

사천홍이 곽추목을 날카롭게 노려보며 교릉에게 말했다.

"교 대주, 입 다물어라."

"죄송합니다, 궁주님."

사천홍이 비릿한 웃음을 머금고 말을 이었다.

"후후, 곽 궁주. 이거 미안하게 됐소. 내 애들은 나를 위해서라면 누구에게라도 개처럼 달려들어 물어뜯는 습성이 있어서 말이외다."

"끄음……."

곽추목이 분을 삭이며 침음을 흘렸다.

그때 주렴 너머에서 목소리가 흘러나왔다.

"허허, 그럼 내게도 개처럼 달려들겠군."

사천홍이 깜짝 놀라서 머리를 조아렸다.

"말씀 거두어주십시오, 부교주님. 아무리 천지분간 못하는 들개라도 범과 여우 새끼는 구분할 줄 알도록 가르쳤습니다."

사천홍이 교묘히 곽추목을 겨냥해 말을 꺼내자 곽추목은 내심 발끈했다.

좌천패가 껄껄 웃고는 말을 이었다.

"그만들 하시게. 곽 궁주도 너무 무안을 주지 말게나. 사 궁주도 일이 그리 될 줄은 예상 못한 것 아니겠나?"

"죄송합니다, 부교주님. 제가 추태를 보였습니다."

"후후, 사 궁주의 계책이 훌륭했다고는 할 수 없지만 건진 것이 아주 없다고도 할 수 없네. 안 그런가? 설주(薛珠)."

　좌천패의 시선이 주렴에서 가장 가까이 앉은 자에게 향했다. 꽃처럼 아름답게 생긴 남자. 백옥같이 흰 피부에 홍초처럼 붉은 입술, 부드러운 얼굴 선. 혹, 여인이 아닌지 의심스러운 자.

　그는 천목각주(天目閣主) 만통안(萬通眼) 설주였다.

　혈마교에서 내세우는 삼 대 지자 중 한 명으로 부교주 좌천패는 설주를 각별히 아꼈다.

　설주를 제일 처음 혈마교로 데려와 천목각주로 앉힌 사람도 바로 좌천패였다.

　때문에 설주는 처음부터 좌천패의 사람이나 다름없었다.

　항간에는 부교주가 침실에서도 그를 각별히 여긴다는 소문이 떠돌 정도다.

　설주가 부드럽게 미소를 지었다.

　남자가 봐도 가슴이 두근거릴 만큼 매력적인 미소였다.

　"분명 교주가 기억을 잃었다는 증거는 부족합니다. 하나 기억을 잃지 않았다는 증거 역시 없습니다."

　"하면 알아볼 방법은?"

　"교주의 곁에는 초 군사가 있습니다. 우회적인 방법으로는 어려울 것입니다. 오히려 직접적이고 노골적인 방법이 좋겠지요."

　"역효과는 없겠나?"

　"작은 손실이 따를 수는 있겠지만 큰 손실은 없을 겁니다. 통하면 좋은 것이요, 통하지 않으면 그만인 방법을 써야지요. 오히려 단순하고 노골적이기 때문에 위험부담은 적을 것입니다."

　"후후, 그 단순한 방법이 뭔가?"

설주가 빙그레 웃었다.

"부교주님께서는 조만간 펼쳐질 수라대연을 잊으셨습니까? 수라대연은 대련의 축제죠. 이보다 직접적인 기회가 있을까요?"

"과연."

부교주가 껄껄 웃음을 터뜨렸다.

실내에 앉은 모두가 고개를 끄덕였다.

부교주가 사람들을 둘러보며 물었다.

"누가 나서보겠는가?"

사천홍은 재빨리 속셈을 해보았다.

만약 이제 와서 다른 사람이 나서서 이 일을 마무리 짓게 된다면?

일을 성공했을 때는 모든 공이 그자에게 돌아갈 것이다.

이번 일은 자신이 밝혀내고 시작한 일이다. 이대로 물러나면 망신만 당하고 만다.

그야말로 죽 쒀서 개 주는 꼴.

'그럴 수야 없지!'

사천홍이 불쑥 입을 열었다.

"제가 시작한 일이니 기회를 주신다면 제가 한번 마무리를 지어 보겠습니다."

"하하. 사 궁주가 욕심이 많군."

"후후, 부교주님께서는 일전에 욕심이 많은 자를 좋아한다고 하시지 않았습니까?"

"그렇지. 그렇지. 하하하! 좋네, 이번 일은 사 궁주가 한 번 준비해 보시게."

"감사합니다."

사천홍이 깊이 머리를 숙였다.

그의 눈이 어느 때보다도 매섭게 빛났다.

*　　　*　　　*

야월은 최근 기분이 별로 좋지 않았다.

그는 요리를 하고 싶었다. 그리고 마두금을 연주하고 싶었다. 의식이 돌아온 후, 처음으로 남에게 감동을 주었다.

그 기쁨을 잊을 수가 없었다.

한데…….

"왜 못하게 하는 거야!"

야월이 버럭 소리를 질렀다.

초비향이 이맛살을 곱게 찡그리며 답했다.

"말씀드렸잖아요. 교주님은 요리에 재능이 없습니다. 악기도 마찬가지구요."

"거짓말! 내가 요리에 재능이 있다고 한 사람은 바로 초 군사였어! 그리고 악기 연주도 그렇고!"

"과거에는 그랬죠. 하지만 이제는 정말 먹을 수 없고, 들을 수 없는 지경이라니까요."

"비향. 몇 번을 말하지만 취향이 다르다고 그런 식으로 매도하는 것은 나쁜 버릇이야."

"취향이 아닙니다! 정 제 말을 못 믿겠으면 다른 사람에게 한번 물어보세요. 그날 음식을 먹은 자들이 어찌 됐는지!"

"혈마전 밖으로 나가지도 못하게 하면서 누구에게 물어보란 말이야?"

"혈마전에 있는 누구에게든 물어보면 되죠. 당장 구 조장에게 물어봐도 되고요."

"좋아, 구 조장!"

그러자 천장에서 그림자가 뚝 떨어져 내렸다.

"부르셨습니까? 교주님."

"그래. 너 제대로 말해야 한다."

"무엇을 말씀입니까?"

물론 구비검은 지금까지 두 사람의 대화를 모두 들었다.

하지만 그는 눈이 없고 귀가 없었던 사람처럼 물었다.

"솔직히 말해. 며칠 전 내가 호승궁의 연회에 갔던 사실을 알지?"

"물론입니다."

"그날 내가 요리를 한 것도 알지?"

"예, 교주님."

"그 요리를 먹은 자들이 혹시 내 흉을 봤나?"

"만약 그랬다면 그자들은 목이 붙어 있지 않을 것입니다. 그런 일은 없습니다."

"역시 그렇지? 그럼 그 요리를 먹은 자들의 소식에 대해 아는 게 있나?"

“그것이……”

“뭐지?”

“저어… 그러니까……”

“뭐야? 속 시원히 말을 해봐. 내 요리를 먹은 자들이 어떻게 됐는데?”

구비검은 차마 말을 잇지 못하고 초비향을 슬쩍 돌아보았다. 초비향이 보일 듯 말 듯 고개를 끄덕였다.

구비검이 결심을 굳힌 듯 말했다.

“그 요리를 먹은 자들이 모두 사흘 밤낮을 구토에 시달리고 설사를 했다고 합니다.”

순간 야월이 눈을 휘둥그레 떴다.

그가 믿을 수 없는 표정으로 되물었다.

“그게… 정말이야? 내 요리를 먹은 자들이 전부 그랬단 말이야?”

“예, 교주님.”

“혹시 식재료가 상한 것인가?”

“조사 결과… 식재료에는 이상이 없는 것으로……”

“구토에 설사라니. 증상이 심하진 않았겠지?”

“사흘째는 각혈을 하고 혈변을 쌌다고……”

야월이 비틀거렸다.

도저히 믿을 수 없었다.

그렇다면 그들은 어째서 그렇게 맛있게 먹었단 말인가?

아첨을 떨기 위해서?

하지만 아첨을 떨려고 거짓 눈물까지 흘리는 자들이 얼마나 있을까?

야월은 아무리 생각해도 이해할 수 없었다.

물론 진정한 이유는 아첨이 아니라 두려움이라는 것도 그는 몰랐다.

결국 야월은 나름의 결론을 내렸다.

"그래, 요리는 틀림없이 맛있었어. 하지만 장에 좋지 않았던 거야. 원래 맛있는 건 몸에 좋지 않은 법이니까."

그의 말에 초비향과 구비검은 잠시 어이없는 표정을 지었다. 자신의 요리 실력에 대한 근거 없는 저 자신감은 도대체 어디에서 나오는 것일까?

어쨌거나 초비향은 못을 박았다.

"어떤 이유에서든 교주님의 요리는 좋지 않습니다."

"쳇, 알았어. 요리든 악기든 안 한다. 안 해!"

"잘 생각하셨습니다. 그런 일이 반복되면 오히려 더욱 의심만 받을 거예요."

"알았어."

야월이 시무룩한 표정으로 대답했다.

대략의 이야기가 끝나자 구비검은 다시 모습을 감췄다.

초비향이 화제를 돌렸다.

"혈랑대주(血浪隊主)가 정천문의 유소옥을 잡아왔습니다."

"정천문? 유소옥?"

"네."

“그게 누군데?”

“지난번 총회에서 교주님이 사로잡아 오라고 하셨는데 잊으셨나요?”

“내가 사로잡아 오라고 했다고?”

야월은 곰곰이 생각하다 문득 떠오르는 것이 있었다.

정천문 유소옥.

바로 초비향이 가랑이를 찢어 죽이라고 한 그녀가 아닌가?

그날 차마 그 말을 입에 담지 못해 엉뚱하게 납치해 오라고 했던…….

‘그래, 그랬었지.’

야월이 고개를 설레설레 저었다.

“빠르기도 하군. 벌써 잡아오다니. 이런 실력이면 황제도 사흘 안에 잡아오겠어.”

“아마 가능할 겁니다. 명을 내릴까요?”

“뭐? 뭘?”

“황제요. 잡아오라고.”

야월이 멍한 표정으로 초비향을 바라보았다.

그가 넌지시 물었다.

“농담… 이지?”

“물론이죠.”

초비향이 활짝 웃었다.

야월이 안도의 한숨을 내쉬었다.

“그런 농담하지 마. 왠지 초 군사가 말하면 농담 같지가 않단 말이야."

"어째서죠?"

"워낙 어울리지 않는 말만 하니까."

"제게 어울리는 말이 뭔데요?"

"예쁘고 고운 말."

"풋."

초비향이 웃음을 터뜨렸다.

정말이지 의식을 찾은 후 다른 사람이 되어버린 혈마존.

하지만 이런 그가 왠지 싫지 않았다.

야월도 마주 웃었다.

먼저 웃음을 거둔 초비향이 말을 이어갔다.

"오늘 저녁 유소옥을 방으로 보내드릴 겁니다."

"방? 여기에?"

"네."

"방엔 왜? 그럼 나는?"

"물론 교주님도 함께 계셔야죠."

"함께 있으라고? 방 안에서 둘이 뭘 하란 말이야?"

"그거야 교주님이 알아서 하실 일이죠. 제가 그런 것까지 가르쳐드려야 하나요? 그날 잡아오라고 할 때는 그렇게 사심을 드러내시더니……."

"사심? 내가?"

"그럼 사심이 아니었던가요?"

"뭔가 오해를 하는 모양인데 사심은 아냐. 아무리 예쁘다지

만 일면식도 없는 여자에게 사심은 무슨… 방에 들여보낼 필
요는 없어.”

“그렇습니까?”

“응.”

무심히 대꾸하던 야월은 순간 싸늘한 생각이 들었다.

그가 얼른 초비향을 보며 물었다.

“잠깐. 그럼 그 여자는 어떻게 되는 거지?”

“혈랑대주가 그녀를 잡아온 것은 교주님께서 유희를 즐기
기 위해서라고 생각했기 때문입니다. 한데 교주님이 필요없다
고 하셨으니 이제 그녀는 죽어야죠.”

또 죽인다는 말.

정말 지긋지긋한 말이다.

초비향이 난감한 표정을 짓는 야월을 가만히 바라보다 물었
다.

“그녀를… 살리고 싶으신 거죠?”

“그전에 하나 물어보지.”

“네, 하문하십시오.”

“그녀를 반드시 죽여야 할 이유라도 있나?”

“사람을 죽이는데 타당한 이유가 세상 어디에 있겠습니까?
다만 이건 전쟁일 뿐입니다.”

“그럼 그녀를 살리고 싶군.”

“교주님.”

“말해.”

야월의 대답이 차가웠다.

그는 조금 화가 나 있었다.

초비향은 잠시 눈치를 살폈지만 곧 개의치 않고 말을 이어 갔다.

"교주님은 본교의 주인이십니다. 교주로서 약한 마음을 가지시면 안 됩니다."

"약한 마음? 뭐가 약한 거지? 사람을 죽이지 않으려는 마음이 약한 것인가? 사람을 죽이는 마음은 강한 것인가?"

"그건……."

"어쨌든 좋아. 뭐든지 한 번에 바뀌긴 힘들겠지. 유소옥을 들여보내."

"…알겠습니다."

초비향이 고개를 숙이며 대답했다.

그녀가 몸을 돌려 걸어 나가다가 문 앞에 우뚝 멈췄다.

"교주님. 너무 많이 변하진 마세요. 제가 쫓아갈 수 있을 정도만 변하셨으면 좋겠습니다."

야월은 잠시 초비향의 뒷모습을 바라보다 부드럽게 웃었다.

"걱정 마. 어딜 가든 초 군사를 무조건 끌고 갈 테니까."

초비향이 살짝 고개를 끄덕이고는 방을 나갔다.

그녀의 뺨이 붉게 물들었다는 것을 야월은 몰랐다.

그리고 그녀가 희미한 미소를 지었다는 것도.

야월은 숨을 깊게 들이마셨다가 천천히 내쉬었다.

얼굴이 발갛게 달아오르고 심장이 쿵쾅거렸다.

그는 침상에 앉아 유소옥을 기다렸다.

명문정파의 여인을 겁탈해야 하는 상황.

물론 그녀를 범할 생각은 추호도 없다.

하지만 그렇게 보여야 하는 상황이라는 것이 묘한 긴장감을 불러 일으켰다. 상대방은 영락없이 자신에게 당할 각오를 하고 이 방으로 들어오는 것이 아니겠나?

그때 문밖에서 시녀의 목소리가 들렸다.

"교주님, 정천문의 유 낭자를 데려왔습니다."

야월은 깜짝 놀라서 침상 안으로 들어갔다. 그리고 반투명한 휘장을 쳐서 자신이 잘 보이지 않도록 했다.

"들, 들어 와."

그의 목소리가 떨어지자 시녀 두 명이 한 명의 여인을 양쪽에서 붙든 채 끌고 들어왔다.

유소옥이다.

점혈을 당했는지 고분고분 시녀들의 행동에 따르는 유소옥.

혈마전에서 일하는 자들은 일개 시녀에 불과하더라도 무공이 일류 수준이다. 때문에 그녀들은 유소옥을 다루는데 별로 힘을 들이지 않았다.

기가 세 보이는 유소옥의 첫인상.

매서운 눈매와 오뚝한 코, 굳게 다문 붉은 입술.

매끄러우면서도 탄력적인 몸매는 건강미를 한껏 풍겼다.

시녀들이 갈아입힌 것인지 그녀가 걸친 옷은 속살이 아슬아슬하게 비치는 나삼이었다.

유소옥을 세워 둔 시녀들이 고개를 조아렸다.

"혈랑대주께서 단근환동술(斷筋還童術)을 시전하여 유 낭자는 지금 유아 수준의 힘만 쓸 수 있는 상태입니다. 목욕을 시키고 옷을 갈아입히고 데려오느라 조금 늦었습니다. 그럼 저희는 이만 물러가겠습니다."

갑자기 시녀들이 나가겠다고 하자 다시 밀려드는 긴장감.

야월이 얼른 소리쳐 불렀다.

"잠, 잠깐!"

"예?"

"아직… 가지 마라."

시녀들이 멀뚱멀뚱 서로를 번갈아보다 곧 무슨 생각을 했는지 옷을 훌훌 벗기 시작했다.

"그럼 저희들도 준비하겠습니다."

그러자 유소옥이 소리쳤다.

"역시 추악하구나! 혈마! 이 더러운 짓거리에 나를 끼워 넣지 말고 차라리 죽여라!"

유소옥과 시녀들은 야월이 세 명과 함께 열락을 즐길 것이라고 오해한 것이다.

야월 역시 기겁했다.

단지 유소옥과 둘만 남으면 어색할 것 같아서 불러 세운 것인데 시녀들이 옷을 훌훌 벗어던질 줄이야.

야월이 얼른 소리쳤다.

"그만!"

"네?"

"물, 물러가라. 그럴 필요없다."

"알겠습니다, 교주님."

시녀들은 다시 옷을 걸쳐 입은 후 방을 나갔다.

방안에 어색한 공기가 흘렀다.

금방이라도 끊어질 듯 팽팽한 긴장감.

휘장을 뚫어져라 노려보는 유소옥.

차마 그녀와 시선을 마주하지 못하고 한숨만 쉬며 천장을 두리번거리는 야월.

이윽고 유소옥이 먼저 입을 열었다.

"이렇게 날 방치하고 수치를 주려는 속셈이냐? 혈마가 변태라는 소문이 자자하더니 사실이었군!"

"그, 그건 아니오."

"흥! 아니긴! 휘장 뒤에 숨어서 내 모습을 훔쳐보며 속으로 즐기는 주제에!"

"그, 그럴 의도는……!"

야월은 이대로 있다간 오해를 받을 것 같아 얼른 침상에서 일어났다. 그가 당장 휘장을 걷고 나가려는데 갑자기 고함 소리가 터져 나온다.

"가까이 오지 마! 이 추악한 짐승! 거기서 나오는 순간 혀를 깨물고 자결하겠어!"

물론 그녀는 혀를 깨물 힘이 없었다.

　단근환동술에 당하면 전신의 근맥이 약해져 유아 수준의 힘
만 쓸 수 있다. 때문에 그녀는 지금 혀를 끊어낼 정도의 힘을
발휘할 수 없는 상태.

　하지만 당장 그녀가 할 수 있는 저항은 그것이 최선이었다.

　그 공갈이 야월에게는 효과가 있었다.

　침상에서 내려가려던 야월은 후다닥 물러나 벽에 붙었다.

　"진, 진정하시오. 나는 소저를 어찌할 생각이 없소!"

　"흥! 소문을 듣자하니 혈마는 상황극을 즐긴다고 하더니…
지금 순진한 청년을 연기하는 모양이군! 더러운 놈!"

　유소옥이 표독스럽게 외쳤다.

　이러지도 못하고 저러지도 못하는 상황.

　하지만 야월은 화가 나기보다는 측은한 마음이 들었다.

　힘이 없으니 세치 혀로만 저항하는 그녀.

　맑고 깊은 눈동자에 비참함이 가득했다.

　그녀를 어찌 위로할 수 있을까?

　오해를 풀기에는 상황이 너무 좋지 않았다.

　야월이 한숨을 푹 내쉬었다.

　어쨌든 지금으로서는 진심을 다해 그녀를 안심시킬 수밖에.

　"다시 말하지만 나는 소저를 범할 생각이 없소."

　"흥! 그딴 상황극에 내가 어울릴 줄 아느냐? 네가 아낀다는
그 취화조 계집들이랑 그러고 놀아라!"

　"취화조를 아시오?"

　야월이 눈을 둥그랗게 뜨고 묻자 유소옥이 콧방귀를 꼈다.

“정도 문파에는 눈이 없고 귀가 없는 줄 아느냐? 천하에 어디 마도의 눈과 귀만 있다더냐?”

“그래도 취화조까지 알 줄이야…….”

“어리숙한 척 연기는 그만하시지!”

“연기가 아니오. 나는 정말 그대를 범할 생각이 없소이다. 다만 지금은 여러 사정상 소저를 범하는 상황을 연출해야하므로…….”

말이 다 끝나기도 전에 비명처럼 터져 나오는 목소리.

“개 잡종! 이제야 속내를 까 보이는구나!”

“아니, 그러니까 내 말을 끝까지 들어보시오. 소저를 범하는 상황을 연출해야 하지만 범하진 않을 거란 말이오.”

“그게 무슨 개풀 뜯어먹는 소리냐?”

“후우, 어쨌든 이 방을 나갈 때쯤이면 내 진심을 알거요.”

야월은 한숨을 푹 내쉬고 입을 다물어 버렸다.

두 사람이 침묵하자 다시 방안에 어색한 공기가 흘렀다.

얼마나 긴 시간이 흘렀을까?

유소옥은 뭔가 이상했다.

왜 혈마는 자신을 범하지 않는 것일까?

예상대로라면 지금쯤 자신은 차마 입에 담지도 못할 능욕을 당하고 있어야 했다.

한데 침상에서 휘장을 쳐놓고 코빼기도 내밀지 않는 혈마존.

이상했다.

혹, 조금 전까지 하던 그의 말이 진심이었을까?

'아냐! 안 돼! 정신 차려! 내 마음이 느슨해지는 틈을 타서 녀석은 돌변하겠지! 그렇게 굴욕을 안길 속셈인 거야. 놈은 악마니까!'

유소옥은 다시 긴장을 다지며 입술을 질끈 씹었다.

한편 야월은 슬슬 난감한 상황에 접어들고 있었다.

줄곧 긴장을 한 탓인지 아까부터 소변이 마려웠던 것이다.

'어쩐다? 놀라지 않게 천천히 나가볼까?

야월이 천천히 휘장을 젖혀갔다.

그때 벼락처럼 들리는 목소리.

"역시 그럼 그렇지! 날 방심시켜놓고 결국 겁탈하려는구나!"

결국 야월은 휘장을 다시 쳐놓고 후다닥 물러났다. 하지만 생리 현상을 의지로 참아내기엔 너무나 큰 곤욕이었다.

'제길, 나갈 수도 없고 쌀 수도 없고.'

이윽고 그의 몸이 비틀리기 시작했다.

금방이라도 오줌보가 터질 것만 같았다.

"흐윽."

야월은 어금니를 꽉 다물었다.

한데 이것이 유소옥이 보기에는 변태 중의 변태가 따로 없었다. 휘장 뒤에서 몸을 비틀며 신음을 흘리는 남자의 그림자.

유소옥이 앙칼지게 외쳤다.

"아주 욕정에 미쳐 발정이 나서 난리도 아니군! 늙으려면 곱게 늙을 것이지! 미친 놈!"

그럼에도 불구하고 휘장에 비친 야월의 그림자는 더욱 몸을 비틀고 있었다.

신음 소리도 이따금씩 흘러나왔다.

문득 유소옥은 이상한 생각이 들었다.

'혹시 욕을 들으면 흥분하는 변태인가?'

그녀는 휘장을 가만히 바라보다 넌지시 입을 열었다.

"개… 새끼?"

"흐윽!"

신음과 함께 비틀리는 그림자.

"쳐 죽일 마도새끼?"

"으으!"

다시 몸을 꼬며 이어지는 신음소리.

'저, 저, 저놈……! 분명히 느끼고 있어! 이런 천하의 쓰레기 변태!'

유소옥은 확신했다.

혈마는 욕을 들으면 흥분하는 변태가 분명했다.

'그랬구나. 그래서 나를 바로 겁탈하지 않고, 내가 도발하길 기다린 거구나! 오히려 나는 입을 다물어야 했어!'

그녀는 곧장 입을 다물어 버렸다.

그런데 그때,

"으아! 도저히 못 참겠소! 미안하오!"

휘장을 젖히며 불쑥 튀어나오는 야월.

유소옥이 두 눈을 질끈 감았다.

드디어 올 것이 왔다!

그녀는 현재 할 수 있는 최선의 저항을 했다.

"꺄아아아악!"

귀청을 찢을 듯 날카로운 비명이 방 안에 가득 울렸다.

그런데…….

아무 일도 일어나지 않는다?

유소옥은 천천히 눈꺼풀을 들어 올렸다.

어느새 방을 휑하니 나가버린 야월.

유소옥은 텅 빈 방 안을 멀뚱멀뚱 바라보기만 했다.

'뭐… 지? 저놈은?'

*　　　*　　　*

"으랏차차!"

야월은 기지개를 한껏 켰다.

숨을 깊이 들이마시자 짙은 책 향기가 폐부까지 들어왔다.

이곳은 마경각.

야월은 미소를 머금고 실내를 훑어보았다.

"역시 이곳이 제일 편하군."

아무에게도 방해받지 않는 공간.

오로지 자신만을 위한 장소.

한 번 들어오면 다시 밖으로 나가고 싶지 않은 곳.

어찌 보면 이해하기 힘든 상황이 아닌가?

넓은 바깥이 갑갑한 감옥 역할을 하고, 이 꽉 막힌 공간이 자유를 상징하다니.

야월은 피식 자조적인 웃음을 지었다.

이곳에서 며칠씩 처박혀 지낼 수만 있다면 얼마나 좋을까?

하지만 그럴 수도 없는 일.

만약 그랬다간 또 마경각주 송자겸이 들어올 것이다.

그나마 위안이 되는 것은 마경각주라도 아무 때나 들어오는 것이 아니라는 점이다. 하루 중 정오와 자정에만 마경각주가 들어올 수 있었다.

'그나저나 유 낭자도 꽤 답답하겠군.'

야월은 문득 며칠 전의 일이 떠올랐다.

유소옥과 웃지도 울지도 못할 첫 대면식을 가진 야월.

유소옥이 고래고래 내지른 비명 덕분에 교내에는 적절한(?) 소문이 퍼져 있었다. 혈마존이 유소옥을 데리고 한껏 유희를 즐겼다는…….

사실과는 다르지만 어쨌거나 혈마존의 악명에 어울리는 소문이었다.

덕분에 야월은 주변의 눈치를 보지 않고 유소옥을 위한 배려를 할 수 있었다.

그녀를 수라옥(修羅獄)에 감금시키는 대신 청운각(靑雲閣)에 머물도록 한 것이다.

물론 철저한 감시 속에서 지내야 하니 많이 갑갑하겠지만 대소변도 가려보기 힘든 수라옥에 비할까?

어쨌든 지금 그가 그녀를 위해 해줄 수 있는 것은 그 정도가 최선이었다.

야월은 상념을 떨치고 걸음을 옮겼다.

그의 손엔 밖에서 가져 온 목검이 쥐어져 있었다.

그가 멈춰 선 곳은 마경각 일 층의 가장 깊숙한 곳.

야월은 책장 사이로 들어가 망설임없이 두 권의 책을 꺼내 들었다.

뻣뻣한 책표지에 해서체로 적힌 글씨들.

염라참혼검(閻羅斬魂劍).

묘도보법(猫道步法).

얼마 전에 삼 층에서 발견한 책들이다.

염라참혼검은 염라천기공을 쓴 저자가 창안한 검법이었다. 그리고 묘도보법은 과거 도둑의 가문이었던 서녕 곽가에서 전해지는 신법이었다.

며칠 전 삼 층의 책장을 뒤적이다 찾아낸 것들인데 매번 삼 층까지 올라가서 보는 게 번거로워 야월이 일 층 구석에 꽂아 둔 것이다.

요즘 그가 익히는 무공은 이 두 가지다.

묘도보법은 말 그대로 고양이의 발걸음처럼 날렵하고 조용하게 움직인다 하여 붙은 이름으로, 이 신법을 익히는 자는 누구의 눈에도 띄지 않고 이동할 수 있다고 한다.

자유를 갈망하는 야월에게는 꼭 필요한 신법이었다.

야월은 묘도보법을 비교적 수월하게 터득할 수 있었다. 내기보다 강한 염라천기의 영향이다.

하지만 정작 신법을 펼칠 기회가 없었다.

하루 종일 수라십팔조가 붙어 다니니 시도 자체가 무리였다.

만약 수라십팔조의 시야에서 야월이 갑자기 사라진다면?

혈마전은 난리가 날 터.

그렇게 되면 결국 묘도보법을 익혔다는 사실이 들통 날 것이고, 이후에 그 신법은 더욱 쓰기 힘들 것이다.

결국 야월은 다른 무공을 찾아보다가 염라참혼검을 발견했다.

역시나 제일 앞장에는 혈마존의 신랄한 서평이 적혀 있었다.

말도 안 되는 개떡 같은 소리라며 쓰레기 취급하는 혈마존.

하지만 야월에게는 지금 그 어떤 무공서보다도 마음에 와닿는 책이었다.

야월은 책을 펼치고 차근차근 읽어 나갔다.

벌써 닷새째.

처음에는 맨손으로 초식을 흉내내보았다.

다음 날부터는 목검을 가지고 왔다. 그리고 책에 적힌 대로 시전해 보았다.

하지만 생각보다 염라참혼검을 익히는 것은 어려웠다.

염라천기공을 자연스럽게 익히고 묘도보법도 무리없이 터득했던 것에 비하면 염라참혼검은 도무지 익혀질 것 같지가 않았다.

닷새째 목검을 휘두르고 있지만 아무런 변화가 없는 야월.

구결을 몇 번이나 정독했지만 여전히 성취가 없었다.

'후우, 어렵군.'

책을 덮은 야월은 비교적 넓은 공간을 찾아 목검을 꺼내들었다.

이제부터 시전할 것은 염라참혼검의 제일초식 귀곡참(鬼哭斬)이었다.

'우선 염라천기공을 운용하면서 검을 느껴보자.'

마음을 다잡은 그가 염라천기공을 운용하기 시작했다.

고오오오.

우우우웅!

미세한 진동이 손바닥을 타고 전해졌다.

목검이 염라천기공에 반응한 것이다.

여기까지는 좋았다.

그리고 검을 휘두르는 순간,

휘이익!

목검이 허공을 갈랐다.

하지만 누가 보더라도 평범한 칼부림.

"이게 아냐. 이건 그냥 검을 휘두른 거야."

그가 고개를 설레설레 젓고는 다시 자세를 바로잡았다.

그리고 정신을 집중해 염라천기공을 운용하고 정확히 계산한 시점에 다시 목검을 휘둘렀다.

휘이익!

역시 마찬가지.

조금 더 칼바람이 세게 불었을 뿐 달라진 것은 없었다.

칼바람이 분다는 것은 시전을 잘못했다는 증거.

제대로 시전할수록 공기의 떨림조차 없는 법이다.

야월은 다시 시도했다.

휘이익!

역시나 실패.

그리고 또다시…….

야월은 지칠 줄 모르고 반복했다.

"헉, 헉."

숨이 턱까지 차올랐다.

두 시진이 흘렀다.

하지만 무심한 목검은 단 한 번도 귀곡참을 보이지 않았다.

단지 목검을 휘두르는 것만으로 엄청난 체력을 소모한 야월.

역시 안 되는 걸까?

어쩌면 혈마존의 서평대로 그저 쓰레기에 불과한 무공이었을까?

하지만 염라천기공은 수월하게 익히지 않았던가?

그렇다면 자질이 부족한 걸까?

점점 생각이 복잡해졌다.

야월이 입술을 꾹 깨물었다.

"젠장!"

그가 신경질적으로 목검을 휘둘렀다.

그 순간,

키에에엑!

등골이 오싹할 정도로 소름끼치는 비명이 터져 나왔다.

동시에 거뭇한 기운이 사방에서 일렁이더니 갑자기 터져나간 검기에 책장들이 와자작 소리를 내며 부서지고 쓰러졌다.

우당탕탕! 쾅당!

"뭐, 뭐지?"

야월은 멍한 표정으로 아수라장이 된 현장을 멀뚱멀뚱 바라보았다.

"이, 이게 어떻게 된 거…?"

그는 손에 들린 목검을 바라보았다.

절반 정도 부러져 나간 목검.

"방금… 그게 귀곡참인가?"

틀림없다.

조금 전 터진 비명은 바로 목검이 내지른 소리였다.

지금껏 내내 철저한 계산속에서 귀곡참을 시전한 야월이었다. 한데 마지막에 신경질적으로 휘두른 목검에는 어떠한 계산도 없었다.

이미 그의 몸에 녹아든 염라천기공.

그리고 지난 며칠간 손아귀가 찢어져 피가 흐를 정도로 휘두른 목검.

이러한 것들이 바탕이 되어 무의식중에 귀곡참이 발현된 것이다.

그렇다면…….

'이 느낌이 사라지기 전에 다시 한 번……!'

야월은 얼른 부러져나간 목검을 들고 자세를 잡았다. 그리고 조금 전 느꼈던 감각을 다시 되살리며 목검을 휘둘렀다.

"하압!"

기합성에 뒤미처 울리는 귀신의 울음 소리.

키키이이익!

콰쾅! 콰콰콰쾅!

또 한 번 기파가 터져 나갔다.

동시에 주변 책장들이 산산이 부서지며 바닥에 흩뿌려졌다.

'이거였어!'

야월은 다시 한 번 더 귀곡참을 시전하기 위해 목검을 들어 올렸다.

하지만 목검은 이미 손잡이만 겨우 남은 상태.

영기의 막강한 힘을 견디지 못하고 나머지 부분들이 산산이 부서져 나간 것이다.

"다음엔 진검을 들고 와야겠군."

결국 시전을 포기한 야월이 고개를 들고 주위를 훑어보았다. 그제야 처참한 광경이 눈에 들어왔다.

완전히 부서져서 가루가 되다시피 한 책장, 갈가리 찢어져 먼지가 되어버린 책들.

"야단났군."

그나마 다행인 것은 자신이 익히던 책이 옆에 온전히 놓여 있다는 점과 그리고 일 층의 책들은 비교적 중요도가 떨어진다는 점이었다.

"그런데… 저건 뭐지?"

야월의 시선이 한 곳에 멈췄다.

그의 눈길이 향한 곳은 책장이 놓였던 벽면이었다.

평소라면 책장에 가려져 제대로 볼 수 없는 곳.

시커먼 먼지 떼로 지저분한 벽면에 유독 반질반질 윤이 나는 부분이 있었다.

야월은 고개를 갸웃거리고는 가까이 다가갔다.

자세히 보니 반질반질한 벽면에 엄지가 들어갈 만큼의 구멍이 있었다.

분명히 저절로 생긴 구멍은 아니다.

누군가 일부러 뚫어 놓은 것이 틀림없었다.

"이게 뭐지?"

구멍에 눈을 대고 보아도 깜깜하기만 했다.

야월이 손가락을 넣어 보려는데, 때마침 종소리가 울렸다.

딸랑딸랑! 딸랑딸랑딸랑딸랑!

종소리가 여느 때보다도 훨씬 격렬했다.

야월은 나가보지 않아도 상대가 누군지 알 수 있었다.

분명 초비향이 걱정되는 마음에 종을 울리는 것일 터.

마경각 안에서 요란한 소리가 들렸을 테니 그녀가 조바심이 났으리라.

“그래도 저 종소리를 좀 바꾸든지 해야지. 이거야 원, 내가 개도 아니고. 딸랑딸랑 하면 가야 하다니…….”

야월은 기필코 종을 다른 것으로 교체하리라 마음먹으며 문을 비스듬히 열었다.

아니나 다를까 초비향이 걱정 가득한 눈으로 다그쳐 물었다.

“무슨 일이십니까? 교주님!”

“아, 아무 일도 아냐.”

“아무 일도 아니긴요? 안에서 큰 소리가 났다는데요.”

“정말 아무 일도 아냐. 봐, 나 멀쩡하잖아.”

초비향이 눈을 가늘게 뜨고는 야월의 몸을 살폈다.

특이점을 찾을 수 없자 초비향이 걱정스런 표정으로 다시 물었다.

“그럼 그 소리는 뭐였습니까?”

“그냥… 목검을 휘두르다가 책장이 쓰러져서…….”

“다치신 곳은요?”

“없어.”

“휴우, 그렇군요. 다행입니다.”

초비향이 비로소 안도의 숨을 내쉬었다.

야월이 조금 미안한 표정으로 말했다.

“그런데 좀 어지럽혀졌어.”

“알겠습니다. 나중에 맹인 시종들을 들여보내 정리하도록 하겠습니다.”

야월이 눈을 동그랗게 뜨고 물었다.

“맹인 시종도 있어?”

“물론이죠. 그럼 마경각은 저절로 깨끗해지는 줄 아셨어요? 자주는 아니지만 가끔씩 맹인 시종들에게 청소를 시키고 있습니다.”

“그랬군. 그럼 부탁할게. 대신 당분간은 여기에 좀 있다가 나갈 거야. 청소는 나중에.”

“알겠습니다, 교주님.”

초비향이 공손히 읍을 하고는 물러갔다.

야월은 얼른 문을 닫고 아까 본 그곳으로 걸어갔다.

유난히 반질반질 윤이 나는 벽면의 구멍.

사람의 손을 탄 것이 분명하다.

‘뭔가 있어.’

아무 이유 없이 벽에 구멍을 뚫어놓지는 않았을 터.

야월은 마른 침을 꿀꺽 삼키고는 천천히 손가락을 구멍 안으로 넣어보았다.

손가락을 깊숙이 넣자 가죽처럼 부들부들한 감촉이 느껴졌다.

힘주어 누르면 들어갈 것 같은 느낌.

‘틀림없이 기관 장치야.’

이곳은 교주만이 들어올 수 있는 공간이다.

그런 곳에 기관 장치가 되어 있다는 것은 교주가 직접 작동한다는 뜻이다.

그렇다면 교주만이 알고 있는, 교주를 위한 기관장치가 아닐까?

야월은 가슴이 두근거렸다.

이번에는 어떤 일이 벌어질까?

그가 심호흡을 하고는 그것을 꾹 눌렀다.

한데…….

아무 일도 일어나지 않았다.

아니, 눌러지지 않았다.

부드러운 감촉 때문에 금방이라도 쑥 들어갈 것 같았는데, 의외로 딱딱했다.

'그렇다면……!'

야월은 서서히 영공을 운용했다. 이윽고 그가 손가락 끝에 영기를 모으고 힘을 주었다.

그러자 '철컥' 하는 소리와 함께 손가락이 쑥 들어갔다.

다음 순간 놀라운 일이 벌어졌다.

구구구─!

그그그그그궁─!

지면이 미세하게 떨린다 싶더니 육중한 소리가 울리며 바닥이 미끄러지며 열리는 것이 아닌가?

야월은 얼른 손을 떼고 열린 바닥을 내려다보았다.

제법 경사가 심한 계단이 지하로 이어져 있었다.

지하계단의 벽면에는 야명주의 파편으로 보이는 것이 곳곳에 박혀 있어 어둠을 물리쳤다.

야월은 뜻밖의 발견에 몸을 가늘게 떨었다.

혹시 누군가 이 장면을 엿보고 있지는 않을지 걱정됐다.

그가 천장을 두리번거리며 불렀다.

"구 조장?"

"……."

"구 조장? 없나?"

"……."

없다.

목소리도 들리지 않고 기척도 느껴지지 않는다.

그렇다면 이 비밀 공간을 아는 사람은 오로지 자신뿐.

마경각 안에 또 다른 자유가 이렇게 꽁꽁 숨어 있었다니! 이게 웬 떡인가?

'대단하군. 이런 공간이 있었을 줄이야.'

야월은 떨리는 마음으로 걸음을 내딛었다.

第七章
진퇴양난(進退兩難)

야월은 천천히 계단을 따라 내려갔다.

계단은 몹시 가파랐다.

그만큼 깊이 내려간다는 뜻.

"어디로 이어지는 거지?"

중얼거리는 야월의 목소리가 어둡고 좁은 통로를 따라 울려 나갔다.

마지막 계단을 내려서자 발밑이 살짝 꺼지는 느낌이 들었다.

다음 순간,

그그그그그그그그궁!

터엉!

육중한 소리에 이어 계단 위의 입구가 닫혀 버렸다.

아마 계단 제일 아래의 바닥이 기관을 작동시키는 발판이리라.

야월은 발을 떼어냈다가 다시 그곳을 밟아보았다.

역시나 쑥 꺼지는 느낌과 함께 육중한 소리가 울리며 입구가 열렸다.

'호오, 이런 식으로 작동하는군.'

야월은 다시 입구를 닫은 후에 통로를 따라 걷기 시작했다.

조금 걷다 보니 흙길이 나타났다.

이번엔 흙길을 따라 한참을 걸었다.

'생각보다 통로가 길군. 밖으로 이어지는 비상통로일까?'

이런저런 추측을 하며 길을 걷는데, 전방을 가로막은 철문이 나타났다.

어차피 이곳에 들어올 사람이 교주밖에 없기 때문인지 철문을 열 수 있는 기관 장치는 벽면에 눈에 띄게 설치되어 있었다.

기관을 작동시키자 철문이 철컹 소리를 내며 열렸다.

철문 안으로 들어간 야월은 다시 기관을 작동시켜 철문을 닫았다.

철문 안쪽은 바닥과 벽면 그리고 천장까지 모두 금속 재질로 반듯하게 이루어져 있었다.

어차피 혈마존만 들어올 수 있는 공간이었다면 왜 문을 설치한 것일까?

야월은 금방 그 이유를 유추할 수 있었다.

소리다.

이곳에 들어오는 순간 모든 소리가 단절되는 것을 느꼈다.

야월은 영기를 운용해 청력을 최대한 키웠다.

역시 아무 소리도 들리지 않았다.

완벽하게 방음된 공간.

반듯하게 이어진 통로를 따라 조금 더 들어가자 이내 커다란 공간이 나타났다.

마치 편안한 침소처럼 꾸며진 곳.

먼 미래에는 이런 집이 존재하지 않을까라는 생각이 들 정도로 훌륭한 실내였다.

방 한쪽에는 탁자가 놓여 있었고, 그 옆에는 책장이 있었다. 책장에는 이런저런 잡서가 꽂혀 있었다.

'이런 곳이 있었다니… 과거에 난 여기서 뭘 한 것일까?'

어쩌면 이곳은 과거의 혈마존이 빡빡한 일상에서 벗어나 비밀스러운 여가 활동을 보내던 곳이 아니었을까?

야월은 단출하면서도 실용적으로 꾸며진 실내를 한 번 둘러보다가 또 다른 문을 발견했다.

"방이 더 있나?"

야월이 다가가 문을 열어보았다.

그러자 공터라고 해도 좋을 만큼 넓은 공간이 나타났다.

둥근 천장은 모두 철제로 이루어져 있었다.

아마도 이곳은 혈마존이 남몰래 무공을 수련하던 장소이리라.

“대단하다! 이런 공간이 있었을 줄이야!”

이곳에서 무공을 수련한다면 어떠한 소리도 밖으로 새어나가지 않으리라.

게다가 공간도 넓으니 웬만한 무공 수련은 모두 할 수 있을 터.

“하하하하!”

야월은 큰 소리로 웃었다.

영공을 담은 웃음소리였기에 수련장이 왕왕 울려댔다.

마경각에서도 이처럼 시원하게 웃어본 적이 없었다.

이 얼마나 환상적인 공간인가?

이곳만큼은 마경각주도 들어오지 못하는 곳이다.

완벽한 나만의 공간!

“하하하하하!”

생각할수록 기분이 좋았다.

야월은 책장이 있는 곳으로 돌아와 아무 책이나 뽑아 보았다.

설레는 기분 탓인지 글을 읽어도 도통 머리에 들어오지 않았다.

대부분 혈마교의 업적이나 혈마존의 업적을 기록한 책들이었다.

건성으로 책을 훑어보고 꽂아놓던 야월의 손이 어느 순간 흠칫 멈췄다.

유독 눈에 띄는 책 표지.

혈마일지(血魔日誌).

"이건… 뭐지? 내가 쓴 일기인가?"

야월은 두근거리는 마음으로 책을 펼쳐 보았다.

짐작이 맞았다.

과거 혈마존이 일기 형식으로 기록한 책이었다.

어떤 전투에서 누구를 죽였고 몇 명을 학살했는지 자랑스럽게 적혀 있었다.

'정말 나란 인간… 몹쓸 인간이었군.'

글을 읽을수록 야월은 씁쓸한 생각이 들었다.

물론 그 행위들이 이계에서 온 레온과는 일절 무관하지만, 지금 그로서는 어쩔 수 없이 드는 생각이었다.

책에는 이 비밀 공간에 대한 기록도 있었다.

나만의 공간이 필요했다.

시도 때도 없이 따라다니는 수라십팔조 이놈의 새끼들이 여간 귀찮은 것이 아니다.

내 친우이자 최고의 군사인 악수라 녀석도 어쩔 때는 괴물처럼 보인다.

놈들은 내게 자유를 주지 않는다.

그래서 잔꾀를 냈다.

염계자(廉計者)를 불러 이곳 심유관(深有館)을 남몰래 설계하도록 했다. 마경각으로 이어지는 통로를 만들었으니 누구의 눈에 띄지도 않고 들어올 수 있는 나만의 공간인 것이다.

본교 북쪽에 펼쳐진 수라쇄혼진을 만든 염계자이니 심유관을 만드는 것쯤이야 일도 아니었을 게다.

물론 염계자는 내가 죽였다.

크크크크.

세상 사람들은 염계자가 은거한 것으로 알고 있지만.

뭐, 염계자가 백 년에 한 번 날까 말까 한 기재라는 것은 인정한다.

하지만 수라쇄혼진과 심유관의 비밀을 아는 놈을 살려둘 수는 없지 않은가?

죽여서 입을 막는 수밖에. 크크크.

그러고 보니 염계자 놈은 수라쇄혼진도 너무 복잡하게 만들었다. 도통 내가 파훼법을 외기도 힘들 정도니 말이다. 때문에 수라쇄혼진의 구조를 이곳에 책으로 남길 수밖에 없었다.

"후우."

야월은 책을 덮고 한숨을 내쉬었다.

아직 다 읽지 못했지만, 읽고 싶은 마음이 사라졌다.

'결국 이곳을 만든 사람도 죽였단 말이구나.'

생각할수록 괴로웠다.

어쩌면 이렇게 사람의 목숨을 가벼이 여길 수 있단 말인가?

'이게 정말 나란 말인가? 이 잔악무도한 인간이? 혹, 염라대왕이 장난을 친 것은 아닐까?

만약 그의 생각을 지금 염라대왕이 엿보았다면 내심 뜨끔했
으리라.

야월은 괴로운 마음에 책을 옆에 두고 다시 다른 책을 뽑아
들었다.

이번에 뽑아든 책의 표지에는 다음과 같이 적혀 있었다.

수라쇄혼진(修羅碎魂陳).

"이거였구나."

염계자라는 사람에 대한 미안함 때문일까?

야월은 그가 남긴 흔적을 자세히 봐두고 싶었다.

책을 펼쳐들자 수라쇄혼진에 대한 도식과 글귀들이 어지럽
게 적혀 있었다.

도통 무슨 내용인지 이해하기도 힘들었지만, 야월은 속죄하
는 마음으로 하나하나 살펴보았다.

대략 두 시진 가까이 지나서야 야월은 수라쇄혼진을 모두
볼 수 있었다.

하지만 역시 무슨 내용인지 전혀 이해할 수가 없었다.

그래도 상관없었다.

자신이 죽여 버린 자의 흔적이라는 사실이 중요할 뿐이었
다.

어느 정도 마음이 가라앉은 야월은 다시 혈마일지를 펼쳐보
았다.

아무튼 염계자는 내가 원하는 대로 심유관을 완성시켰다. 그러고 보면 참 죽이기 아까운 인물이긴 했다.

심유관은 내게 자유를 주었다.

진정한 자유.

심유관에서 다른 곳으로 빠져나갈 통로까지 만들어 놓았기 때문에 이보다 완벽한 공간은 없다.

크하하하하하.

그곳을 통해서 나가면 나는 누구의 눈에도 띄지 않고 자유롭게 돌아다닐 수 있다.

책장 옆면에 설치된 기관 장치.

그것이 밖으로 나갈 문을 열어준다.

그리고 돌아올 때는……

"밖으로 나가는 길이 있다니!"

야월이 책을 덮고 벌떡 일어났다.

이런 비밀 공간을 발견해 낸 것만으로도 무척 기뻤다.

한데 이곳에서 다시 밖으로 나갈 길까지 만들어 놓았단 말인가?

어떻게 이러한 일들을 남모르게 해낼 수 있었던 것일까?

과연 염계자라는 인물은 기인 중의 기인이었으리라.

야월은 들뜬 마음으로 책장 옆면을 살펴보았다.

과연 책장 옆면에는 철전 크기의 단추가 설치되어 있었다.

물론 간단히 눌러지진 않았다.

야월이 영공을 운용해 힘을 주자 단추가 쑥 들어갔다.

다음 순간,

그그그그그궁!

책장이 빙그르 회전하기 시작했다.

책장이 열린 틈으로 밖의 통로가 드러났다.

'드디어!'

야월은 들뜬 마음으로 그 안으로 들어갔다.

＊　　　＊　　　＊

"이럴 수가… 이런 게 있었다니!"

야월은 주먹을 불끈 쥐고 어금니를 꽉 다물었다.

자칫하다간 저도 모르게 앙천광소를 터뜨릴 것만 같았다.

선선한 바람이 야월의 뺨을 훑고 지나갔다.

"흐흐흐흐!"

꽉 다문 잇새로 어쩔 수 없이 흘러나오는 웃음.

그는 지금 완벽한 자유를 얻었다.

책장이 열어준 통로를 따라 달린 야월은 방금 전 높은 절벽 아래에서 나타났다.

커다란 바위가 마구잡이로 무너져 내려앉은 절벽 아래.

하지만 그 바위 중 하나가 기관 장치로 연결되어 있었다.

안쪽에서 기관을 작동시키면 바위가 비스듬히 기울어지며

사람 한 명이 빠져나올 수 있는 공간을 만들어내는 것이다. 그곳을 통해 야월이 빠져나오자 바위는 다시 원래의 형태로 돌아갔다.

이곳은 총타의 북서쪽에 위치한 절벽 아래.

부교주의 거처인 신마전에서 비교적 가까운 곳이었다.

마침내 야월은 누구의 눈에도 띄지 않고 혈마전을 벗어난 것이다.

꿈에도 그리던 일.

의식을 되찾은 후 처음으로 맛보는 진정한 자유.

이 기쁨을 어찌 표현해야 한단 말인가?

한껏 소리라도 지르고 싶지만, 그랬다간 어딘가에서 고수들이 나타나 자신을 목격할지도 모를 일.

그저 꽉 다문 잇새로 참을 수 없는 웃음을 실실 흘려낼 수밖에.

"으흐흐흐흐."

야월은 마치 실성한 사람처럼 웃어댔다.

'자아, 그럼 이제 어디부터 가볼까?'

막상 자유를 얻었지만 갈 곳은 없었다.

교내에 아는 곳이라곤 오로지 한 군데.

지난번 초비향과 함께 찾아갔던 외야의 천마루.

하지만 그곳만큼은 절대 갈 수 없었다.

천마루주가 이미 자신의 얼굴을 알고 있을 테니 말이다.

'아예 이참에 외야를 확 벗어나 버릴까? 혈마교를 탈출한다

면 완벽한 자유가 되는 셈인데…….'

하지만 야월은 곧 고개를 설레설레 저었다.

아서라, 괜히 일을 크게 벌였다간 어찌 될지 모른다.

천금처럼 얻은 기회를 한 번의 실수로 날려 버릴 수도 있다.
만약 초비향을 비롯한 측근들이 심유관의 비밀 통로를 알게
되는 날에는 이 아슬아슬한 자유도 끝장날 터.

좀 더 확실한 힘이 생길 때까지는 섣부른 행동을 금하는 것
이 좋다.

그렇다고 곧장 심유관으로 돌아가기도 싫었다.

최초로 맛본 진정한 자유가 아닌가?

어디든 가고 싶었다.

내야에서 수뇌 인사들만 만나지 않는다면 어차피 자신의 얼
굴을 아는 자는 많지 않을 터.

조심스럽게 돌아다닌다면 교주라는 신분을 들키지 않을 수
있을 것이다.

"그래, 어디든 가보자."

초비향에게는 마경각에서 좀 더 머물 것이라고 말해두었다.
그러니 특별한 용무가 없는 이상 자신을 찾진 않을 것이다.

만약 찾는다고 하더라도 오늘 자정까지는 마경각주가 들어
오지 못한다.

그렇다면 적어도 자정까지는 온전한 자유가 주어진 셈이다.

그때까지만 돌아가면 된다.

"흐음. 거길 한번 가볼까?"

문득 야월의 머릿속에 떠오른 한 사람.

지금쯤 자신처럼 자유를 갈망하고 있을 그녀.

"그래, 유 소저가 갇혀 있을 청운각에 가보는 거야."

야월은 신이 났다.

이제 자신이 그동안 익힌 묘도보법도 시험할 수 있는 좋은 기회가 아닌가?

'만약 묘도보법이 통한다면 청운각 안까지 들어가서 그녀를 만나볼 수도 있겠지. 운이 좋다면 그녀를 탈출시킬 수도 있겠군!'

야월은 가슴이 한껏 부풀었다.

그가 걸음을 옮겼다.

'좋아, 한번 부딪쳐 보는 거야!'

＊　　　＊　　　＊

청운각.

어둑한 저녁.

그림자 하나가 담장을 타넘어 날렵하게 내려섰다.

야월이었다.

그는 재빨리 건물 벽으로 달려가 몸을 밀착시켰다.

그가 모퉁이 너머로 고개를 내밀어 보니 마침 번을 서는 무인이 등을 진 채 걸어가고 있었다.

'좋아!'

야월은 망설임없이 몸을 날렸다.

순식간에 상대방의 등 뒤로 바짝 따라붙은 야월.

그는 보폭은 물론 호흡과 기의 흐름까지 상대와 동일하게 유지했다.

상대를 코앞에 두고 뒤따르는 상황.

그럼에도 앞서 걷는 무인은 자신의 뒤에 야월이 바짝 붙어 있다는 사실을 전혀 인식하지 못했다.

묘도보법 때문이다.

이 순간 야월은 철저하게 상대방의 그림자가 된다.

고로 상대는 야월의 호흡이나 기감을 전혀 느낄 수가 없다. 초절정 고수의 집도 제집처럼 드나들던 대도 가문에서 전래된 신법이니 오죽하랴.

묘도보법을 대성하게 되면 수많은 군중 사이에서도 모습을 감출 수 있다고 한다.

야월은 이제 사성에 이른 단계.

아직 갈 길이 멀었지만 그는 희열을 느꼈다.

무공을 익히면서 가장 힘든 점은 성취를 확인할 수 없다는 것이었다.

한데 이번에 묘도보법의 성취를 확실히 확인한 셈.

'이 정도면 정말 유 소저를 탈출시킬 수 있을지도 모르겠어!'

자신감이 무럭무럭 자라났다.

그때였다.

문득 앞서 걷던 무인이 걸음을 우뚝 멈췄다.

야월이 기쁨을 주체 못하는 사이 일시적으로 기가 흐트러진 것이다.

그 순간 미약하나마 호흡이 어긋났다.

범인이라면 죽었다가 깨어나도 눈치채기 힘들었겠지만 이곳을 지키는 무인은 고수.

무인이 뒤를 스윽 돌아보았다.

야월은 얼른 몸을 틀어 그와 똑같은 행동을 취했다.

간발의 차.

야월이 조금만 늦었어도 무인은 그를 발견했을 것이다.

하지만 상대는 아무것도 눈치채지 못했다.

텅 빈 공간을 본 그가 고개를 갸웃거리더니 다시 걸음을 옮겼다.

그때 모퉁이 너머에서 미세하게 들리는 기척.

또 다른 무인이 이쪽으로 걸어오는 것이 틀림없었다.

이대로 상대를 뒤따르다간 마주 오는 자에게 발각당하고 말 터.

야월은 얼른 몸을 날려 처마 끝을 잡고 지붕으로 올라섰다.

한줄기 미풍이 불자 앞서 걷던 무인이 다시 뒤를 돌아보았다.

하지만 이미 야월은 지붕 위로 몸을 숨긴 상태.

이번에도 아무것도 발견하지 못한 상대는 다시 가던 길을 재촉했다.

‘휴, 진땀나네.’

야월은 겨우 가슴을 쓸어내리며 몸을 일으켰다.

그런데…….

“헉!”

하마터면 야월은 발을 헛디뎌 지붕 아래로 떨어질 뻔했다.

코앞에서 자신을 빤히 바라보는 남자.

상대는 야월만큼 놀랐는지 퉁방울처럼 뜬 눈을 끔뻑이기만
했다.

‘아뿔싸! 지붕 위에도 번을 서는 무인이 있었구나!’

찰나 상대가 주먹을 내려쳤다.

쉬이잇!

야월은 얼른 몸을 숙이는 것과 동시에 오른손을 쭉 뻗어 상
대방의 목 아래를 점했다.

“커헉!”

공격이 무위로 돌아간 데다 아혈을 짚여 소리마저 지를 수
없게 된 무인.

야월은 뒤미처 상대방의 혼혈을 빠르게 짚었다.

혈도의 위치 정도는 이미 마경각에서 책을 통해 알고 있었
다.

타다닥!

그야말로 전광석화처럼 빠른 손놀림.

다급한 위기에 처하자 혈마존의 몸이 저절로 반응했다.

순식간에 의식을 잃으며 허물어지는 무인.

야월은 얼른 무인을 받쳐 들고 조심스럽게 눕혔다.

동시에 야월 역시 몸을 납작하게 엎드리고 주변을 살폈다.

'역시 이곳에도 번을 서는 자들이 있었어!'

지붕 모서리 네 군데에 번을 서는 무인이 배치되어 있었다.

야월은 지금 그중 한 명을 제압한 것이다.

그가 담장을 넘어 청운각에 잠입하는 동안 이들의 눈에 띄지 않았던 것은 그야말로 천운이라 할 수 있었다.

사실 이곳을 지키는 자들의 주된 목적은 외부의 잠입을 막는 것이 아니었다.

마경각처럼 무공 비서를 보관하는 곳이라든지, 신병이기를 보관하는 곳이라면 얘기가 달라진다.

하지만 이곳엔 훔쳐갈 만한 무언가가 없다.

누군가 유소옥을 구출하기 위해 온다고 해도 총타의 내야까지 귀신처럼 접근하기란 여간 어려운 일이 아니다.

때문에 이들의 임무는 잠입을 막는 것이 아니라, 혹시 있을지 모를 유소옥의 탈출을 막는 것이다.

그러다 보니 이들은 번을 서면서도 담장 쪽을 별로 신경 쓰지 않았던 것이다.

'이제부터라도 더 조심해야겠어.'

야월은 놀란 가슴을 쓸어내리며 천천히 기왓장을 들어냈다.

유소옥은 창밖의 하늘을 보며 길게 한숨을 내쉬었다.

어쩌다 자신의 처지가 이리도 한심해졌단 말인가?

얼마 전 정천문의 무인들을 이끌고 혈마교의 혈수대를 섬멸했을 때만 해도 그녀는 정천문의 영웅이었다.

그녀의 이름이 정도인들 사이에 오르내렸고, 그녀가 혈수대주를 죽였다는 사실이 전해지자 구파일방에서도 관심을 가질 정도였다.

한데 지금은 어떤가?

혈마교 총타에 갇혀 치욕을 겪고 있다.

혈마교주를 눈앞에 두고도 손가락 하나 까딱할 수 없었다.

"살아서 돌아간다고 한들 아버지를 뵐 낯이 없겠어."

그녀는 길게 한숨을 내쉬었다.

지금쯤이면 자신이 혈마교에 납치당했다는 것을 세상 사람들 모두 알고 있을 터.

정천문에서는 자신을 구하기 위해 혈안이 되어 있을 것이다. 어쩌면 정도맹에서도 자신을 구하겠다고 나설지도 모른다.

정말 누군가 구하러 올까?

'아냐.'

유소옥은 고개를 저었다.

지금은 최상의 경우보다 최악의 상황을 염두에 두어야 한다.

어쩌면 정도맹에서 먼저 자신을 버릴지도 모른다.

이미 자신은 혈마교주에게 몸을 바친 여인으로 전락하지 않았던가?

물론 그런 적은 없다.

혈마존 역시 자신에게 손끝 하나 건드리지 않았다.

하지만 소문은 다르다.

혈마존이 자신을 실컷 능욕한 다음 청운각에서 지내도록 배려했다는 이야기가 벌써 퍼졌다.

자신이 나서서 사실이 아니라고 한들 소용없는 외침이다.

정도맹에서는 자신을 추하고 더러운 여자라고 생각할지도 모른다.

자신의 순결과 진실을 믿어줄 사람은 부모님과 오라버니 외에는 없을 터.

그러고 보면 혈마존은 도대체 무슨 꿍꿍이일까?

그는 처음부터 예의를 차리며 자신을 대했다.

소문으로 듣던 혈마존은 여자와 아이도 잔인하게 도륙하는 악마이며, 여색을 밝히는 호색마였다.

한데 직접 만났던 그는 전혀 달랐다.

'혹시 날 이용해서 다른 뭔가를 취할 속셈일까?

그건 혈마존 답지 않은 행동이다.

그는 후일을 생각하지 않고 닥치는 대로 죽이는 성격이다.

그래도 뭔가 꿍꿍이가 있다면?

과연 어떤 거래를 하려는 걸까?

'내 목숨을 가장 가치 있게 여길 사람이라면…?

아버지다.

정천문주.

순간 유소옥은 눈을 크게 떴다.

"그렇군! 혈마는 날 이용해서 아버지의 목숨을 취하려는 거야! 아버지라면 날 구하기 위해서 목숨이라도 내놓으실 분이니까."

아버지가 돌아가시면 정천문은 하루아침에 몰락할 수 있다.

유소옥은 전신을 부르르 떨었다.

"이 비열한 인간!"

그녀는 자리에서 벌떡 일어났다.

절대로 혈마존의 뜻대로 내버려둘 수는 없는 일.

주위를 두리번거리던 그녀가 창가에 놓인 꽃병을 집어 들어 바닥에 내려쳤다.

쨍그랑!

꽃병이 깨지면서 파편이 사방으로 튀었다.

그녀는 파편 하나를 집어 들었다.

"나쁜 놈. 절대로 네 뜻대로 되게 놔두지 않겠어."

유소옥은 날카롭게 깨져나간 파편을 손목에 대었다.

비록 단근환동술에 당해 유아 수준의 힘밖에 쓸 수 없는 그녀였지만 손목을 긋는 정도는 가능했다.

"그래, 아버지를 위해서도, 내 명예를 위해서도 이게 옳은 길이야."

그녀는 스스로에게 타이르듯 말을 하고는 손에 힘을 주었다.

그 순간,

쉬이이잇! 땅!

어디선가 날아든 단추.

유소옥이 쥔 꽃병의 파편이 단추에 맞으면서 멀찍이 튕겨
나갔다.

깜짝 놀란 그녀가 고개를 휙 돌렸다.

"누구냐!"

대답이라도 하듯 천장에서 뚝 떨어진 그림자.

얼음장처럼 차가운 표정의 사내였다.

바로 야월이었다.

하지만 단 한 번도 야월의 얼굴을 직접 본 적이 없는 유소옥.

그녀가 눈살을 찌푸리며 물었다.

"누구냐?"

야월은 잠시 당황했다.

당연히 그녀가 자신을 알아볼 것이라 짐작한 것이다.

한데 생각해 보니 자신은 줄곧 휘장 뒤에서 그녀와 대화를
나누지 않았던가?

물론 그때 야월은 그녀의 얼굴을 비교적 자세히 볼 수 있었
다.

그녀가 밝은 곳에 있었기 때문이다.

하지만 야월은 어두컴컴한 침상 안에 있었으니 유소옥이 그
의 얼굴을 볼 수 없었던 것이다.

때문에 그녀는 야월이 혈마교주일 것이라고는 꿈에도 몰랐
다.

야월은 오히려 잘 됐다고 생각했다.

자신의 정체를 안다면 그녀는 다시 불신을 가질 것이 뻔했다.

야월이 얼른 정색하며 말했다.

"놀라지 마시오. 유 소저를 구하러 왔소."

"날 구하러 왔다고?"

"그렇소."

유소옥의 눈빛이 미세하게 흔들렸다.

하지만 여전히 냉랭한 표정.

반신반의하는 것이다.

그녀가 다시 물었다.

"어디서 왔지?"

"정도맹에서 왔소. 어렵게 잠입했소."

유소옥의 표정이 조금은 풀렸다. 그녀가 한층 누그러진 목소리로 물었다.

"존함이 어떻게 되시죠?"

야월은 아주 잠깐 기억을 더듬었다.

그러다 일전에 호승궁에서 들은 이름 하나를 꺼냈다.

"위천우요."

그러자 유소옥의 눈동자가 화등잔만 해졌다.

"설마… 멸마… 신검?"

"그렇소."

"어, 어떻게… 여기에……."

“자세한 것은 나중에 이야기합시다. 우선은 이곳을 벗어나야하지 않겠소?”

“알, 알겠어요. 하지만 저… 몸이 예전 같지가 않아요. 마교 놈들의 사술에 걸려 버려서…….”

“단근환동술에 걸린 건 이미 알고 있소.”

“그거까지? 어떻게 알았죠?”

‘아차, 너무 나갔구나!’

야월은 자신의 어설픈 연기를 자책했다.

사실 그는 이렇듯 무모한 행위를 할 생각이 아니었다. 다만 그녀를 만나 몇 마디 이야기만 나누고 돌아갈 생각이었다.

한데 그가 막 도착했을 때 유소옥은 자결을 시도하던 중이었다.

어떻게든 그녀에게 희망을 주고 진정시키기 위해 말을 꺼내다 보니 돌연 그녀를 구출해야만 하는 상황으로 전개되고 있었다.

야월이 얼른 말을 이었다.

“그, 그건… 우리가 이미 조사했기 때문에 알고 있소.”

“그렇군요. 전 그런 줄도 모르고…….”

유소옥이 자신의 팔목을 내려다보았다.

자결하려던 순간이 떠오른 것이다.

야월이 그 어느 때보다도 진중한 표정으로 말했다.

“잘 들으시오. 어느 때라도 살아야 하오. 죽으면 끝이오. 이 세상에 그 어떤 가치도 인간의 목숨보다 소중한 것은 없소.”

“위 대협……”

“처절하게 짓밟혀도 스스로 목숨을 버려서는 안 되오. 그건 가장 비열한 행위요. 잡초처럼 끈질기게 버텨 살아남아야 하오. 그럼 기회도 언젠간 오게 마련이오.”

유소옥은 잠시 야월을 바라보았다.

그녀의 눈동자에 이슬이 맺혔다.

“고마워요. 제가 잠시 한심한 생각을 했네요. 이제 다시는 그러지 않을 겁니다.”

“잘 생각했소. 어서 여길 나갑시다.”

“알겠어요!”

유소옥은 힘 있게 대답했다.

그런데 그녀가 다시 걸음을 멈췄다.

야월이 돌아보며 물었다.

“왜 그러시오?”

“저… 조사를 하셨다니… 그 소문도 들었겠죠?”

“소문이라면?”

“제가 혈마교주를 만났다는…….”

“아…….”

야월도 뜻밖의 이야기에 당황해서 아무 말도 하지 못했다.

유소옥이 얼른 말을 이었다.

“하지만 아무 일도 없었어요! 정말 믿기 힘들겠지만 혈마는 제게 손가락 하나 대지 않았어요. 소문이 어떻게 퍼져 있는지 자세히는 모릅니다. 하지만 그 소문들 모두 거짓이에요. 믿어

주시기 바랍니다.”

야월은 잠시 멍한 표정을 짓다가 이내 씩 웃었다.

“믿고 말고.”

그녀가 능욕당하지 않았다는 것을 누구보다도 잘 아는 야월이 아닌가?

너무나 쉽게 대답하자 유소옥은 오히려 어리둥절했다.

“정말 제 말을 믿는 건가요?”

“물론이오. 원래 소문이란 부풀게 마련 아니겠소? 이제 할 말이 끝났으면 어서 갑시다.”

“네!”

유소옥이 아까보다 더욱 큰 소리로 대답했다.

복면 위로 드러난 눈이 모퉁이 너머를 유심히 살폈다.

복면인은 바로 야월.

그의 뒤에는 유소옥이 숨을 죽인 채 몸을 바짝 웅크리고 있었다.

언제나 당당하고 기백이 넘치는 그녀였지만 이 순간만큼은 잔뜩 겁을 집어먹은 고양이 같았다.

‘휴우, 쉽지 않군.’

야월이 가만히 숨을 내쉬었다.

청운각을 겨우 벗어났다.

한데 산 넘어 산이다.

유소옥에게 큰 소리를 쳤지만 그녀를 구출하는 것은 생각처럼 쉽지 않았다.

먼저 청운각을 둘러싼 담장조차 넘기가 힘들었다.

만약 물건 하나를 훔쳐 홀몸으로 달아나는 것이라면 이처럼 어렵진 않았을 것이다.

한데 물건이 아니라 사람을 데려가는 일.

게다가 단근환동술에 당해 힘을 전혀 쓸 수 없는 여인을 구출하는 일이다.

야월은 가장 먼저 잠입 경로를 따라 지붕으로 올라갔다. 그리고 묘도보법을 펼쳐 지붕에서 번을 서는 무인들에게 다가가 혼혈을 짚어 쓰러뜨렸다. 그리고 그들 중 한 명의 옷깃을 찢어 복면을 만들어 썼다.

지붕을 장악하자 남은 무인들을 처리하는 것은 한결 수월했다.

지붕에서 노리다가 빈틈이 보이기만 하면 등 뒤로 내려서서 상대의 혼혈을 점했다.

청운각의 무인들을 모두 기절시킨 야월은 비로소 유소옥과 함께 그곳을 빠져나왔다.

청운각은 일종의 감호소 역할을 하는 곳이기에 내야에서도 외딴 곳에 떨어져 있었다.

때문에 두 사람은 한동안 사람들의 시선을 피해 이동할 수 있었다.

하지만 그것도 오래가진 못했다.

내야를 벗어나 외야로 가기 위해서는 건물이 밀집된 곳을 지나야만 했다.

야월은 지금 모퉁이에 몸을 숨기고 그 번잡한 길목을 유심히 바라보는 중이었다.

밤이라고 안심할 수만은 없는 일.

야월은 섣부른 자신의 판단을 후회했다.

경솔했다.

벌써부터 갈 길이 막막한데, 내야의 관문을 어찌 벗어난단 말인가? 그리고 외야는 또 어떻게 탈출하나?

좀 더 능력을 키우고 시도했어야 했다.

갑자기 찾아온 자유 때문에 주제도 파악하지 못하고 무리한 도전을 하고 말았다. 유소옥이 자결만 시도하지 않았어도 이런 충동적인 행위는 하지 않았을 텐데.

'지금이라도 포기할까? 다음에 구출해 주겠다고 말하면 통할까?

야월이 슬쩍 유소옥을 돌아보았다.

무한한 신뢰를 담아 눈을 반짝이며 마주보는 유소옥.

'도저히… 안 되겠군.'

야월은 마음을 다잡았다.

'그래, 이제 와서 돌아갈 수도 없는 일.'

그가 유소옥에게 속삭였다.

"이후부터는 사람들이 많으니 앞에 보이는 건물의 지붕으로 올라가야겠소."

"죄송해요. 제가 아무런 도움이 못 돼서."

"아니오. 오히려 내가 그 사술을 풀 수 없어 안타까울 뿐이
오. 해서 말인데… 잠시 실례를 해도 되겠소?"

유소옥은 말뜻을 바로 알아듣고 고개를 끄덕였다.

"물론이에요."

"그럼."

승낙을 얻은 야월이 그녀를 번쩍 안아들었다.

전신에서 힘이 넘치는 혈마존의 몸이 아니던가?

유소옥의 몸은 전혀 무겁지 않았다.

다만 움직임에 제약이 따른다는 것은 확실히 불편했다. 또
한 그녀를 안아든 채 묘도보법을 펼치기란 꽤 어려운 일이었
다.

모퉁이 너머를 유심히 살피던 야월이 얼른 몸을 날렸다.

쉬이이익!

여인을 안고 바람처럼 달려가는 야월.

순간 그가 훌쩍 도약하더니 담장을 밟고 다시 한 번 날아올
랐다. 이어서 건물 벽을 박차더니 순식간에 야공(夜空)으로 솟
구쳐 올랐다.

그가 지붕 위에 사뿐히 안착했다.

그의 표홀한 신법에 감탄한 유소옥이 눈을 휘둥그레 떴다.

"정말 훌륭한 신법이군요."

"고, 고맙소."

야월이 얼굴을 붉히며 그녀를 지붕에 내려놓았다.

무공을 익힌 후 처음으로 들은 칭찬.

하지만 기쁨을 누릴 사이도 없이 야월이 얼른 그녀를 감싸며 말했다.

"몸을 숙이시오!"

유소옥이 화들짝 놀라 지붕에 바짝 엎드렸다.

그제야 주변 광경이 눈에 들어오는 그녀.

이제 보니 지붕 위라고 안전한 것만은 아니었다.

몇몇 건물의 지붕 위에서 번을 서는 무인들이 있었다.

아마도 그곳은 꽤 중요한 건물이리라.

야월이 입술을 질끈 깨물었다.

'역시 지붕을 타고 이동하는 것도 쉽진 않겠어.'

그나마 다행인 것은 번을 서는 무인들이 생각보다 많지는 않다는 점이다.

묘도보법을 이용해서 조심스럽게 이동한다면 들키지 않을 가능성도 있었다.

다만 문제는 단근환동술에 당한 유소옥.

야월이 그녀에게 나직이 속삭였다.

"미안하오만 앞으로는 기척을 최대한 줄여야 할 것 같소."

"오히려 제가 미안한 일이죠. 부탁드리겠습니다."

이번에도 유소옥은 한 번에 말뜻을 알아듣고 정중히 말을 받았다.

총명한 여인이었다.

야월은 고개를 끄덕인 후 유소옥을 안아들었다.

그리고 최대한 어둠을 틈타 묘도보법을 펼치며 이동하기 시작했다.

사사삭! 스윽. 스으윽!

때론 날쌔고 신속하게, 때론 굼벵이보다도 느리게.

시간이 흐르면서 야월의 이마와 등줄기가 땀으로 축축하게 젖었다.

꽤 멀리 온 것 같았지만 이제 겨우 건물 네 채를 옮겼을 뿐이다.

엎친 데 덮친 격으로 더 이상 지붕을 타고 이동할 수 없는 상황에 이르렀다.

건물 간의 간격이 너무 넓었던 것이다.

물론 과거의 혈마존이었다면 이 정도쯤은 여인 셋을 안고도 허공답보를 펼쳐 충분히 이동할 수 있는 거리.

하지만 지금의 야월에게는 도저히 불가능했다.

어쩔 수 없이 땅으로 내려서서 이동할 수밖에.

"내려가야 할 것 같소."

"네."

유소옥은 일절 토를 달지 않았다.

그녀는 지금 전적으로 야월을 믿고 따랐다.

혈혈단신으로 혈마교 총타에 잠입해서 자신을 구출한 자가 아닌가?

야월이 그녀를 안은 채 지붕 아래로 뛰어내리려 할 때였다.

"내 이럴 줄 알았지."

등 뒤에서 들린 탁한 목소리.

순간 야월은 모골이 송연해졌다.

놀란 것은 유소옥도 마찬가지.

단근환동술에 당한 그녀는 등 뒤에서 쏘아지는 살기 때문에 금방이라도 혼절할 것만 같았다.

야월이 천천히 돌아섰다.

낯이 익은 자가 지붕 위에 서 있었다.

얼굴에 사선으로 검상이 새겨진 남자.

야월은 그가 누군지 바로 알 수 있었다.

얼마 전 호승궁에서 본 사내.

바로 호승궁주의 오른팔이나 다름없는 혈천대주 교릉이었다.

'하필……!'

야월은 내심 긴장하지 않을 수 없었다.

교릉은 사천홍이 가장 아끼는 무인. 그만큼 능력도 뛰어난 자다.

그나마 다행인 것은 복면 때문에 교릉이 야월을 알아보지 못했다는 것이다.

야월은 천천히 유소옥을 내려놓았다.

그녀가 야월에게 작은 목소리로 속삭였다.

"저는 신경 쓰지 마시고 대협께선 이곳을 벗어나세요."

한데 대답은 야월이 아니라 교릉이 대신했다.

"크크크. 그게 쉬울까?"

유소옥으로서는 최대한 작게 속삭인 소리였다.

한데 교룡이 들었다.

그의 청각이 특별히 예민해서가 아니다.

단근환동술에 당한 그녀가 무인의 감각을 가늠하지 못한 것은 당연한 일.

교룡이 입꼬리를 말아 올리며 두 자루의 검을 뽑아들었다.

스룽. 스룽.

사선쌍검 교룡.

그가 두 자루의 검을 뽑으면 상대는 반드시 피를 본다. 지금껏 그 공식이 깨진 적은 단 한 번도 없다.

야월은 유소옥을 등지고 천천히 전투태세를 갖췄다.

교룡이 희미한 웃음을 그리더니 검봉으로 야월을 가리켰다.

"너, 웬 놈이냐?"

"그리 쉽게 밝힐 것 같으면 복면을 썼을까?"

야월이 바꾼 목소리로 차갑게 대꾸했다.

교룡이 피식 웃었다.

"상관없지. 어차피 곧 밝혀질 터!"

말이 끝남과 동시에,

팟!

쉬이이익!

교룡이 눈 깜빡할 사이에 야월의 코앞에 다다랐다. 깜짝 놀란 야월이 엉겁결에 쌍장을 내질렀다.

퍼펑!

파공음이 터졌다.

하지만 그뿐.

어느새 교릉은 몸을 비틀어 검을 내려 긋고 있었다. 뜻밖에도 그의 검은 야월이 아닌 유소옥을 향했다.

야월이 얼른 유소옥의 팔을 잡아당겼다.

그리고 그 반동을 이용해 다시 교릉에게 일권을 내질렀다.

하지만 이번에도 아슬아슬하게 몸을 비틀어 피하는 교릉. 물론 그가 내려친 검신도 허공을 베어냈다.

야월은 유소옥의 허리를 감싸 안은 채 바닥을 차며 훌쩍 물러났다.

다시 처음 대치할 때만큼 벌어진 거리.

매우 짧은 순간이었지만 격렬한 공방이 오갔다.

"호오, 제법이군."

교릉이 진심으로 감탄한 듯 중얼거렸다.

야월은 어금니를 깨물었다.

승산이 희박했다.

유소옥을 신경 쓰지 않고 오로지 싸움에만 집중해도 이길 가능성이 거의 없었다. 조금 전 주고받은 공방으로 충분히 느낄 수 있었다.

'지금의 나는 이자를 당해낼 수 없겠어.'

분하지만 인정해야 했다.

더구나 자신은 무기도 들지 않은 맨손.

이제 어쩐다?

그때 다시 쇄도해 들어오는 교룡.

아까보다 더욱 빠른 움직임이다.

쉬이이잇!

하지만 이번만큼은 야월도 교룡의 반응을 주시하고 있던 차였다.

타타탕!

야월이 기왓장을 발로 차서 날렸다.

순식간에 교룡을 향해 쇄도하는 기왓장들.

챙그랑! 콰창! 콰창!

두 자루의 검이 어지럽게 교차하며 날아드는 기왓장을 가차없이 쳐 냈다.

그때마다 사방으로 튕겨 날아가는 기왓장의 파편들.

그 사이를 야월이 뚫을 듯 달려 나갔다.

"그딴 꼼수를!"

교룡이 비웃음을 토하며 검을 내려쳤다.

그 순간 야월이 묘도보법을 펼쳐 교룡의 우측으로 돌아섰다.

타닷!

하지만 교룡도 만만치 않았다.

만약 검을 하나만 사용하는 자였다면 지금의 방법은 꽤 유용했을 것이다.

하지만 교룡은 두 자루의 검을 사용한다.

왼손에 쥐어진 검이 가차없이 야월의 옆구리를 베어갔다.

“흡!”

야월이 숨을 삼키며 철판교의 수법으로 몸을 뒤로 젖혔다. 시퍼렇게 빛나는 검신이 그의 배꼽을 아슬아슬하게 스치며 허공을 베었다.

이어서 다시 벼락처럼 내려치는 또 다른 검신!

야월은 얼른 뒤로 물러나며 다리를 한 일자로 찢었다. 가랑이 사이를 아슬아슬하게 스치며 내려치는 검.

파쾅!

검기에 얻어맞은 기왓장이 사방으로 튀었다.

야월은 그 상태에서 거꾸로 물구나무를 서듯이 발을 걷어찼다.

파앙!

하나 이번에도 허망한 발길질.

빙글 돌아선 교룡이 이번에는 허벅지를 베며 들어왔다.

야월은 얼른 엎어지며 몸을 옆으로 굴렸다.

교룡의 공격은 끝이 없었다.

숨 돌릴 틈, 눈 돌릴 틈도 없이 이어지는 검공.

그의 검술은 깔끔하고 패도적인 반면, 야월은 바닥을 이리저리 구르며 지저분한 싸움을 펼쳐야만 했다.

그럼에도 야월은 아직까지 검상을 입지 않았다.

타고난 신체적 조건, 그리고 최근에 익힌 염라천기공과 묘도보법의 영향이다.

“쥐새끼 같은……!”

교룡이 미간을 팍 구겼다.

순간 그의 검술이 변했다.

쉬익! 쉭쉭쉭! 쉉쉉쉉!

갑자기 수십 개로 쪼개지는 검신. 사방에서 칼바람이 불어 닥치기 시작했다.

귀풍천검(鬼風千劍).

천 개의 검신이 폭풍처럼 몰아친다고 해서 붙은 이름이다.

야월은 묘도보법을 최대한 펼쳐 쏟아지는 검신을 정신없이 피했다.

하지만 이제 겨우 사성에 도달한 묘도보법.

교룡의 귀풍천검을 막아내기에는 역부족이었다.

게다가 묘도보법은 어디까지나 잠입, 도주에만 특화된 신법.

전투시에 응용하기에는 애매한 부분이 많았다.

츄앗!

마침내 검신이 야월의 어깻등을 스치며 피가 뿌려졌다.

"크윽!"

화끈거리는 불맛에 야월이 이를 악다물었다.

하지만 교룡은 고통을 다스릴 시간 따위는 주지 않았다.

"가라!"

열십자를 그리며 베어 들어오는 쌍검.

그야말로 사지가 절단될 수밖에 없는 절체절명의 위기.

"대협!"

유소옥이 비명처럼 소리쳤다.

그 순간 기적이 일어났다.

"하앗!"

우렁찬 기합성을 터뜨리며 전광석화처럼 쏘아져 나간 야월.

뻐억!

그의 주먹이 정확히 교룡의 가슴을 격타했다.

"커헉!"

신음을 흘리며 비틀비틀 물러나는 교룡. 그가 믿을 수 없는 표정으로 두 눈을 크게 부릅떴다.

이내 교룡은 쿨럭거리며 피를 토했다.

"쿨럭! 크윽!"

만약 찰나지간 호체신공을 발휘하지 않았더라면 더 큰 치명상을 입었을 터였다.

"방금… 그건 뭐였지……?"

교룡이 미간을 좁히며 야월을 쏘아보았다.

하지만 야월이라고 설명할 방법이 없었다.

그 역시 그저 잠재된 신체의 본능이 위기의 순간 터져 나온 것이라고 짐작할 뿐이었다.

본래 인간은 절체절명의 위기가 닥치면 초인적인 힘을 발휘하곤 한다. 하물며 본래 초인적인 힘이 잠재되어 있는 혈마존의 몸은 오죽하랴.

어쨌거나 이러한 사정을 알 리가 없는 교룡.

그가 바닥에 침을 탁 뱉었다.

“과연. 한 수를 남겨두고 방심을 유도한 게로군.”

그가 천천히 자세를 바로잡더니 깊이 심호흡을 했다.

이제는 혼신의 힘을 다하겠다는 투지가 드러났다.

그때.

삐이이이익! 팡!

갑자기 밤하늘에 솟구치며 터지는 불꽃.

야월이 정신을 차리고 주위를 둘러보니, 사방의 지붕에서 그림자들이 몰려왔다.

이만큼 소란을 피웠으니 다른 자들에게 발각된 것은 당연한 일이었다.

사태가 어려워지자 유소옥이 소리쳤다.

“대협! 전 상관 말고 가세요!”

“그럴 순 없소!”

“대협께서 가지 않으면 저 스스로 목숨을 끊을 겁니다! 그럼 더 이상 짐이 되지 않을 테니!”

어느새 유소옥이 지붕 끝으로 다가가 섰다.

한 걸음만 더 내딛으면 지붕 아래로 떨어질 터. 단근환동술에 당했으니 머리부터 떨어진다면 충분히 절명할 수도 있었다.

그녀가 그렇게까지 나오니 야월도 더 이상 고집을 피울 수도 없었다.

사실 고집을 피운다고 한들 어쩔 수 있는 상황도 아니었다.

야월이 유소옥을 보며 나직이 말했다.

“다신 목숨을 함부로 하지 않겠다더니. 제멋대로군.”

"그게 제 매력이죠."

유소옥이 희미하게 웃었다.

야월이 굳은 표정으로 말했다.

"반드시 다시 구하러 오겠소."

"흥! 곱게 보내줄 것 같으냐?"

교릉이 소리치며 달려들었다.

찰나 야월이 돌아서며 기왓장을 연달아 발로 걷어찼다.

파차창! 콰창!

"미꾸라지 같은 놈! 서랏!"

교릉이 신경질적으로 기왓장을 쳐 내며 야월을 추격했다.

하나 도주에 있어서만큼은 그 어떤 신법보다도 뛰어난 묘도보법.

이미 부상까지 입은 교릉은 좀처럼 거리를 좁힐 수 없었다.

하지만 사방에서 몰려드는 무인들이 있으니 야월도 안심할 수만은 없는 상황.

한편 유소옥은 순식간에 멀어져 가는 두 사람을 보며 가만히 주먹을 쥐었다.

'위 대협. 반드시 무사하십시오.'

그녀는 고개를 돌려 자신을 향해 다가오는 그림자들을 담담히 바라보았다.

第八章
비혈대주 추검무수

일렁이는 횃불들이 골목을 따라 사방으로 퍼져 나갔다.

천둥처럼 울리는 목소리가 횃불들을 향해 명했다.

"멀리가진 못했을 것이다. 샅샅이 뒤져서 반드시 찾아내라!"

처마 끝에 꼿꼿하게 선 자세로 명령을 내리는 자는 바로 비혈대주 추검수였다.

비혈대는 내야 전체를 담당하는 감찰수색대다.

수비, 감호는 물론이며 내부 감찰까지 도맡는 조직으로, 때문에 당주나 각주들조차도 비혈대주를 함부로 대하지는 못한다.

비혈대주는 무장된 조직을 이끌고 혈마전으로 들어갈 수 있는 유일한 자이기도 했다.

추검수가 몸을 돌려 곁에 나란히 선 교룡을 보았다.

추검수의 표정에 못마땅한 기색이 드러났다.

"왜 바로 알리지 않았나?"

교룡은 여전히 시선을 다른 곳에 둔 채 대답했다.

"비혈대도 한물갔군. 예전 같았으면 내야에 개미 새끼 한 마리 얼씬하지 못했을 텐데. 이젠 미꾸라지가 돌아다니는군."

추검수가 슬쩍 눈살을 찌푸렸다.

"적어도 눈앞에 둔 미꾸라지라면 누구처럼 놓치진 않았을 테지. 자네가 바로 알리기만 했어도 우린 잡았겠지."

"클클. 숟가락으로 떠먹여 줘야 씹어 삼킨다는 말인가?"

추검수가 물끄러미 교룡을 응시했다.

교룡 역시 이번에는 추검수의 시선을 담담하게 받아냈다.

날카로운 신경전.

추검수가 나직한 목소리로 입을 열었다.

"많이 컸군. 교 대주."

"후후. 시간이 흐르면 많은 것이 변하는 법이지."

"그리고 사라지는 것들도 있지."

"옳은 말이야. 다만 사라질 때는 순서라는 것이 없더군."

교룡의 말끝에 차가운 바람이 불었다.

추검수는 바람에서 혈향을 맡았다.

그가 교룡의 몸을 찬찬히 훑다가 무심한 듯 내뱉었다.

"다쳤군."

교룡의 미간이 슬쩍 구겨졌다.

상대를 미꾸라지로 비유한 자신이다.

한데 그 미꾸라지에게 다친 꼴이 되고 말았다.

교룡이 어깨를 으쓱이며 이죽거렸다.

"이거 걱정을 끼쳤나보군."

"상대의 사문은 알아냈나?"

"스스로 알아보지 그러나?"

"협조하지 않겠다는 건가?"

처음으로 추검수의 목소리에 노기가 서렸다.

마지막으로 꺼낸 말은 단순한 대화가 아니었다. 만약 비협조할 시에는 권한을 앞세워서라도 대응하겠다는 경고가 담겨 있었다.

일개 궁에 속한 혈천대주가 내야를 관할하는 비혈대주에게 대항할 수는 없는 일.

하지만 교룡은 끝까지 입을 다물었다.

오히려 할 테면 해보라는 식으로 추검수를 빤히 바라보았다.

한참 후 추검수가 보일 듯 말 듯 고개를 끄덕였다.

"그렇군. 신분을 밝히지 못한 거로군."

교룡의 속내를 알아챈 것이다.

교룡의 표정이 더욱 일그러졌다.

자존심이 상한 그가 신경질적으로 말했다.

"처음 보는 무공이었다."

"하긴, 생경한 무공도 많겠지."

묘한 어투였다.

어떻게 들으면 교룡을 이해하는 말투였지만, 또 한편으로 듣기에는 그의 실력을 비꼬는 듯했다.

추검수가 말을 덧붙였다.

"그럴 땐 오히려 시체들이 도움이 되지. 시체의 상흔을 샅샅이 살펴보면 아무리 생경한 무공도 결국 정체가 까발려지기 십상이니까."

교룡이 차라리 죽었다면 도움이 됐을 것이란 말.

교룡의 이마에 주름살이 팍 새겨졌다.

하지만 이내 비소를 머금으며 응대했다.

"아쉬운가? 하지만 비혈대를 위해 죽어주기엔 내 성격이 좀 지랄 같아서 말이네."

"자네, 내 말을 오해했나보군. 난 자네가 죽었으면 하는 뜻에서 한 말이 아닐세. 그냥 그렇다는 거지."

"후후. 그런가? 어쨌든 난 이만 가보지. 반드시 놈을 찾아내게. 그것이 자네의 임무가 아닌가? 계속 남 탓만 하느라 놈을 놓쳐선 안 되잖나?"

"충고 고맙군."

교룡은 추검수의 말이 끝나기도 전에 몸을 훌쩍 날렸다.

추검수는 눈을 감고 가만히 불어오는 밤바람을 맞았다.

그때 그의 곁으로 한 여인이 다가섰다.

비혈대 일조장 장옥영(長玉詠)이었다.

“유소옥을 다시 청운각에 가두었습니다.”

“청운각 애들은?”

“모두 점혈을 당해 쓰러져 있었습니다. 단순한 점혈법에 당한 것으로 보아서는 상대의 내공이 심후한 듯합니다.”

추검수가 묵묵히 고개를 끄덕였다.

장옥영이 넌지시 말을 덧붙였다.

“그런데… 굳이 그녀를 청운각에 가둬야 할까요? 이런 일도 있었는데 수라옥으로 옮기는 것이…….”

“교주님의 명을 거역할 생각인가?”

“아닙니다. 죄송합니다.”

“교주님의 명령이 있기 전까지는 무조건 따른다.”

“존명.”

추검수가 차가운 눈으로 주변을 훑었다.

“청운각까지 소리 소문 없이 잠입한 놈이다. 무조건 잡아야 한다. 샅샅이 살펴.”

“존명!”

대답을 마친 장옥영이 이내 몸을 훌쩍 날렸다.

*　　*　　*

혈마전 총군사의 집무실.

초비향의 집무실은 두 군데다.

하나는 이곳. 다른 한 곳은 혈마전 바로 옆, 밀선당의 당주

집무실이다.

평상시 그녀는 주로 밀선당의 집무실에서 머물렀다.

하지만 교주가 극적으로 깨어난 후, 그녀는 하루 중 대부분의 시간을 이곳, 총군사의 집무실에서 보냈다.

집무 책상에 앉아 장부를 펼쳐보는 초비향.

그녀가 보는 것은 인명록이었다.

각각의 이름마다 세세한 정보가 나열되어 있었다.

이 장부에 기록된 자들은 한 마디로 반동분자들. 교주에 반해 부교주의 뜻에 동조하는 것으로 의심되는 자들의 명부다.

"사천홍……."

초비향은 사천홍이라는 이름에 시선을 두었다.

요즘 들어 그의 움직임이 심상치가 않다.

얼마 전 호승궁에서 펼친 연회에서도 그랬다.

그 후 부교주를 지지하는 자들이 회동을 가졌다.

그것도 내야에서 보란 듯이 비밀(?)회동을 가진 자들이다.

밀선당이 두 눈을 부릅뜨고 있다는 것을 그들이 모를 리가 없었다.

그럼에도 그처럼 대담한 짓을 한다는 것은 이미 노골적으로 교주를 무시한다는 것이다.

공공연한 비밀회동은 중립의 위치에 있는 자들에게도 자극을 줄 터였다.

이미 부교주를 지지하는 자들이 상당수다.

이런 상황에서 은밀한 회동이 암암리에 알려지면 부교주에게 줄을 대려는 자들이 늘어날 가능성이 다분했다.

이번 회동은 분명 호승궁의 연회와 무관하지 않을 터.

사천홍은 이번 연회에서 일어난 일들을 부교주에게 모두 보고했을 것이다.

자신이 왜 교주에게 그런 도발을 걸었는지, 그리고 알아낸 것은 무엇인지.

사천홍이 연회에서 보인 행동은 대담했다.

그는 교주가 기억상실에 걸렸다는 것을 감안이라도 한 듯 도발을 걸어왔다.

교주님의 기억상실을 어떻게 유추했을까?

초비향이 책장을 넘겼다.

종잇장을 넘기던 그녀의 고운 손이 어느 순간 멈췄다.

그녀의 시선이 향한 곳에 적힌 이름.

혈천대주 교릉.

밀선당의 보고에 의하면 이자가 가장 의심스럽다.

교주님이 본교를 이탈했을 때, 교릉의 행적이 묘연했다.

물론 그 당시의 행적이 묘연한 자들은 많다.

하지만 교릉은 모든 것이 공교롭다.

그 후 호승궁에서 펼쳐진 연회와 호승궁주의 행동이 이를 뒷받침한다.

'교릉이 뒤를 밟았을 가능성이 커.'

교릉은 사천홍이 각별히 아끼는 인물이다.

항간에는 그가 호승궁주의 양아들이라는 말이 있을 정도.

두 개의 검을 사용하는 그는 잔인하기로 말할 것 같으면 혈마교 내에서도 손에 꼽힐 자다.

사천홍이 불구덩이에 뛰어들라고 명해도 따를 자. 철저히 주인만을 섬기는 충실한 개다.

때문에 교내에서는 그 문제를 두고 말이 많았다.

본교의 주인은 교주님이다.

한데도 교룡은 사천홍의 명을 우선시하는 경우가 많았다. 때문에 여러 사람의 질타를 받았다.

그러나 교주의 권위가 많이 실추된 요즘은 그것을 두고 나무라는 자들이 거의 없다.

어쨌든 이번 비밀회동에서 그들은 뭔가를 모의했을 것이다.

그리고 음모를 꾸몄다면 앞으로 펼쳐질 수라대연에서 일어날 가능성이 컸다.

'대책이 필요해.'

그때였다.

삐이이익! 파앙!

갑자기 허공을 찢는 날카로운 소리가 울리더니 폭음과 함께 창가가 환하게 밝았다.

초비향은 창밖을 바라보았다.

산산이 쪼개진 불꽃이 밤하늘을 수놓으며 비산했다.

붉은색의 불꽃.

적이 침입했을 때 터뜨리는 것이다.

내야에 침입자라니!

초비향이 벌떡 일어나 창가로 걸어갔다.

그때 집무실 문이 벌컥 열리며 백발의 젊은 남자가 불쑥 들어왔다.

검은 경장 차림에 백발을 단정하게 자른 남자. 그의 곁에는 또 다른 무인이 무장한 채 서 있었다.

초비향이 물었다.

"백선(白線), 무슨 일이지?"

백발 남자의 이름은 백선.

밀선당의 부당주이자 초비향의 보좌관이라 할 수 있는 자다.

그가 빠르게 대답했다.

"내야에 침입자가 있습니다. 청운각의 유소옥을 노리고 잠입한 자 같습니다. 현재 비혈대가 추적중입니다."

초비향이 곁에 선 남자에게 시선을 옮겼다.

"그쪽은 비혈대 오조장 복양소(福陽素)군."

복양소는 초비향이 단번에 자신을 알아보자 자못 놀란 눈치였다.

사실 본교의 모든 조장의 이름과 외모를 암기하는 것은 쉬운 일이 아니기 때문이다.

그가 고개를 숙이며 극진히 예를 차려 대답했다.

"예, 군사님. 현재 비혈대는 유소옥을 청운각에 다시 감금했습니다. 청운각의 무인들은 모두 점혈당한 상태로 쓰러져 있

었습니다. 침입자를 추적중이나 아직 실마리를 잡지 못한 상
황입니다.”

“사망자는?”

“현재로서는 없습니다.”

초비향의 눈매가 가늘어졌다.

이상하다.

짧은 보고였지만 그녀는 부자연스러운 점을 바로 찾았다.

혈마인들을 눈엣가시처럼 여기는 정파인들이다. 게다가 유
소옥을 감금하고 유린한 혈마교주다.

그럼에도 청운각을 지키는 무인들이 아무도 죽지 않았다.

해탈하여 살생을 금하는 스님이라도 등장했단 말인가?

“최초 발견자는?”

복양소가 얼른 대답했다.

“호승궁의 혈천대주 교릉입니다.”

초비향이 아미를 곱게 찡그렸다.

하필이면 교릉이라니.

어떤 의미로든 좋지 않다.

어쩌면 호승궁주가 직접 나서서 이번 일을 계기로 여러 사
람에게 책임을 물을지도 모른다. 만약 비혈대주가 침입자를
놓치기라도 한다면 호승궁주는 그야말로 물 만난 물고기마냥
설쳐댈 것이다.

“복 조장.”

“예, 군사님!”

“추 대주에게 반드시 잡아야 한다고 전해. 하늘을 붉게 물들이지 말라고.”

“복명!”

복양소가 곧장 몸을 돌려 나갔다.

하늘을 붉게 물들이지 말라는 것은 사천홍을 가리킨 밀어다. 그가 설치지 못하도록 하라는 뜻이다.

추검수라면 분명 그 뜻을 알아들을 터.

“교내에 활동 중인 밀영(密影)들이 모두 몇 명이지?”

“현재 예순두 명입니다.”

초비향의 물음에 백선이 곧장 대답했다.

밀영이란 밀선당에서 현장으로 투입되는 요원들을 가리킨 말이다. 중원 각지에 퍼져 있는 밀영들은 그들만의 방식으로 각종 기밀과 정보를 알아내 밀선당에 보고한다. 그러면 밀선당에서 그 정보들을 조합하고 분석해서 갖가지 음모를 유추한다. 그 후 계책을 내놓는 것이 바로 밀선당이다.

현재 교내에 머물러 활동하는 밀영이 모두 예순둘.

초비향이 빠르게 명령을 내렸다.

“밀영들을 모두 내야에 투입시키고 침입자를 색출하는데 힘을 쓰도록. 나는 교주님께 가서 보고하겠다.”

“존명.”

백선이 얼른 몸을 돌려 나갔다.

초비향은 그 길로 곧장 마경각으로 향했다.

'이 중요한 시기에 교주님은 또……!'

초비향은 애가 바짝 탔다.

침입자가 내야까지 쳐들어온 상황.

그럼에도 교주는 지금 마경각에 들어간 후로 소식이 없다. 기관을 작동시켜 종을 울려도 나오지 않는 혈마존.

초비향은 끈질기게 기관을 울렸다.

하지만 여전히 깜깜무소식.

"제길!"

모처럼 그녀의 입에서 거친 소리가 튀어나왔다.

그녀 뒤로 시립한 시종들이 안절부절못하며 서로 눈치만 살폈다.

잠시 후 그녀 뒤에서 또 다른 시종의 목소리가 들려왔다.

"마경각주님을 모셔왔습니다."

초비향이 돌아보니 마경각주 송자겸이 지그시 감은 눈으로 서 있었다.

송자겸이 공손히 물었다.

"찾으셨습니까? 군사님."

"내야에 침입자가 있어요. 교주님께 보고 드려야 하는데 마경각에서 나오지 않으시네요."

"알겠습니다. 오늘 자정에 제가 들어가도록 하겠습니다."

"그럼 늦어요."

"하면……?"

"지금 들어가서 교주님을 모셔와 주셨으면 해요."

뜻밖의 요구에 송자겸이 난감한 기색을 드러냈다.

그가 잠시 생각하다 대답했다.

"죄송합니다, 군사님. 그건 불가능합니다."

"알아요. 마경각의 규율이라는 것. 하지만 지금은 위급 사항입니다."

"물론 그렇습니다. 그래서 제가 자정에 들어가겠다고 말씀을 드린 겁니다. 위급 상황이 아니면 저는 오늘 자정이 아니라 내일 정오에 들어가겠지요. 그것이 규율이니까요."

송자겸의 말은 틀림이 없었다.

실제로 종을 울려서 교주가 즉각 나오지 않을 때는 최소한 여섯 시진을 대기한 후, 마경각주가 들어갈 수 있었다.

다만 위급 상황으로 판단될 경우에는 대기 시간 없이 곧바로 들어갈 수 있다. 물론 그때도 정오와 자정에 한해서다. 때문에 송자겸은 여섯 시진을 기다리지 않고 오늘 자정에 들어가겠다고 말한 것이다.

하지만 초비향도 이대로 물러서지 않았다.

"규율은 잘 알고 있어요. 하지만 시기가 좋지 않다는 것을 모르시겠어요? 사정이 특별한 만큼 융통성이라는 것이 있어야죠!"

"죄송합니다, 군사님. 저는 마경각주로 임명받을 때 융통성보다는 규율을 철저히 따르도록 명을 받았습니다. 어떠한 경우에도 자정이 되기 전에 제가 들어갈 수는 없습니다. 물론, 다른 자가 마경각에 들어간다고 하면 그 역시 마경각주로서 용납할 수 없습니다.”

“송 각주!”

초비향이 노기 서린 목소리로 외쳤다.

하지만 꿈쩍도 하지 않는 송자겸.

두 사람 사이에 냉랭한 기운이 흘렀다.

초비향은 결국 긴 한숨을 내쉴 수밖에 없었다.

송자겸이 융통성이 없는 인간이라는 것을 알고는 있었다. 그가 마경각주로 임명된 이유이기도 했다.

하나 이렇게 꽉 막힌 인간이었을 줄이야.

이렇게 된 이상 교주님이 최대한 빨리 나오길 기다리는 수밖에.

물론 교주님이 나온다고 해서 상황이 달라질 것은 없다.

하지만 비상 상황임에도 교주가 그 사실을 인지하지 못했다는 것은 반존파들에게 좋은 먹잇감이 될 수 있었다. 예전 같았으면 감히 교주에게 불평할 수 없는 일이었지만, 요즘의 교내 분위기라면 충분히 따지고 들 수 있는 일.

초비향은 자리를 서성이며 입술을 씹었다.

‘교주님. 빨리 나오세요. 도대체 그 안에서 뭘 하고 계신 거예요?’

＊　　　＊　　　＊

“미칠 노릇이군!”

초비향이 그토록 애타게 찾는 야월.

그는 지금 길가에 세워둔 마차 아래에 넙죽 엎드린 채 머리를 쥐어뜯었다.

만약 초비향이 야월의 이런 모습을 보았다면 어떤 반응을 보였을까?

어쨌거나 그가 있는 곳은 마경각이 아니라 마차 아래.

야월은 숨을 죽이고 눈앞에 보이는 발이 사라지길 기도했다.

'제발 다른 곳으로 가라! 제발!'

아까부터 누군가 마차 주위를 서성이고 있었다.

분명 자신을 추적하는 비혈대일 터.

그나마 다행인 것은 야월이 펼친 묘도보법 때문에 웬만한 추종술(追從術)로는 그의 흔적을 발견하기가 힘들다는 점이다.

눈앞에서 서성이던 상대는 마차의 문을 열어보고는 다시 닫았다.

'제발 여긴 보지 말고 그냥 가라!'

그의 기도가 통한 것일까?

마차 근처를 한참 서성이던 발이 조금씩 멀어지기 시작했다.

야월은 가까스로 안도의 숨을 내쉬었다.

그런데 갑자기 우뚝 멈추는 발걸음.

다음 순간 상대가 천천히 돌아서더니 이내 구부정하게 허리를 숙이고 마차 아래를 보는 것이 아닌가?

정확히 상대와 시선이 마주친 야월.

야월을 발견한 상대가 퉁방울처럼 눈을 부릅떴다.

찰나, 야월이 자갈을 손가락으로 튕겨 날렸다.

쒜에엑! 따악!

"크억!"

목 아래를 부여잡고 고꾸라지는 상대.

야월은 곧바로 마차 아래에서 빠져나와 바람처럼 달리기 시작했다.

그가 막 모퉁이를 돌아서는데 갑자기 나타난 비혈대원.

야월은 상대가 소리를 지를 틈도 없이 재빨리 손을 뻗었다.

파박! 팍!

"크읏!"

이번에도 상대는 신음만 뱉으며 쓰러지고 말았다.

야월은 뒤도 돌아보지 않고 묘도보법을 펼쳐 달아났다.

그가 향하는 곳은 북서쪽에 위치한 절벽 아래.

천만 다행히도 대부분의 수색인력이 남쪽으로 배치되어 있는 상황이었다.

외부인이라면 북쪽으로는 절대 탈출할 수 없기 때문이다.

덕분에 야월은 큰 위기를 맞지 않고 절벽 아래까지 다다를 수 있었다.

우거진 수풀을 헤치며 겨우 절벽 아래까지 다다른 야월.

자신이 나온 바위더미 앞에 멈춰 서고 나서야 그는 틱 끝까지 차오른 숨을 토해냈다.

"허억, 헉, 헉!"

심장이 요동쳤다.

"어떻게든… 위기를 넘겼군! 헉! 헉!"

심유관으로 향하는 입구에 다다르고 나니 조금 마음이 놓였
다.

'자, 이제 돌아가자.'

그런데 서서히 밀려드는 불안감.

'흐음. 돌아가야 하는데……'

야월은 아무렇게나 무너져 있는 바위더미를 가만히 바라보
았다.

이윽고 그의 입에서 곤란한 발언이 흘러나왔다.

"어떻게… 돌아가는 거지?"

그랬다.

비밀 통로에서는 기관을 작동시키면 이 바위 문이 거짓말처
럼 열렸다.

그런데… 밖에서는 아무리 봐도 기관 장치를 발견할 수가
없었다.

조금씩 초조해지는 야월.

"아니야. 아니야. 어딘가에는 있을 거야. 어딘가에는……!"

나왔으니 돌아갈 방법도 분명히 있으리라.

이곳에 비밀 통로가 있다는 것을 안 이상 기관 장치를 찾는
것은 어렵지 않을 것이다.

야월은 애써 그렇게 스스로를 다독이며 사방을 둘러보았다.

그러나 아무리 찾아도 기관 장치처럼 생긴 것은 찾을 수가 없었다.

바위 사이에 낀 자갈을 만져도, 삐죽 튀어나온 나뭇가지를 잡아당겨도 아무런 변화가 없었다.

심지어 영력을 이용해 힘주어 밀어도 꿈적하지 않는 바위.

절벽을 더듬고, 땅바닥을 파헤쳐도 마찬가지.

도저히 돌아갈 방법이 없다.

"이런 제기랄!"

야월은 이제 발을 동동 구를 지경.

여기까지 오면서 두 명의 혈도를 짚어 기절시켰다.

그들이 발견되는 것은 시간문제.

만약 그 둘이 발견되면 비혈대는 야월이 북서쪽으로 향했다는 것을 충분히 유추할 수 있을 터.

'시간이 없는데… 시간이 없는데……!'

정말이지 울고 싶은 심정.

지금쯤이면 초비향이 정신없이 종을 울리고 있을 것이다.

자정까지 돌아가지 못하면 사태는 돌이킬 수 없게 되리라.

'이런 멍청한! 혈마일지를 끝까지 읽었어야 했어!'

지금 생각해 보면 분명 혈마일지에 돌아갈 방법에 대한 것도 적혀 있었다.

하지만 흥분을 주체하지 못한 야월은 일지를 마저 읽지도 않고 덮어 버렸다. 그리고 곧장 비밀통로를 따라 나와 버린 것이다.

한데 돌아갈 방법이 이리 어려울 줄이야!

그때,

삐이이익! 팡!

허공을 할퀴며 올라간 폭죽이 노란 빛깔을 뿜었다.

추적의 단서를 발견했을 때 쏴 올리는 폭죽.

아마 야월이 쓰러뜨린 두 명의 무인을 발견한 것이리라.

"다 끝났네. 다 끝났어!"

야월은 바닥에 철퍼덕 주저앉았다.

이젠 자포자기의 심정.

"쳇! 하늘도 무심하군!"

그는 아예 벌러덩 드러누워 버렸다.

'추 대주라 했던가? 곧 만나겠군. 제길.'

밤하늘의 별빛이 무심히 빛났다.

＊　　　＊　　　＊

혈마교 내에는 자연 그대로의 모습을 간직한 곳이 제법 많다.

그 이유로는 여러 가지가 있는데, 대체로 산책로로 사용되거나 숲 속의 전투를 대비한 훈련에도 이용된다. 뿐만 아니라 사냥을 즐기는 터로 사용되기도 한다.

내야의 북서쪽에 위치한 작은 숲도 마찬가지였다.

이곳은 주로 수뇌 인사들의 산책로로 이용되는 곳.

하지만 경관이 수려한 편도 아니고, 길이 좋은 것도 아닌지라 사람의 발길이 뜸한 곳이기도 했다. 항간에는 숲을 밀어 버리고 건물을 늘리자는 의견도 있었다.

하지만 내야에는 이미 충분한 건물이 있었고, 교주의 반대로 숲은 유지되고 있었다.

그 숲을 지금 비혈대원들이 수색 중이었다.

침입자의 흔적을 쫓다 보니 어이없게도 북서쪽의 절벽을 향하고 있었던 것.

하지만 비혈대주 추검수만은 숲에 들어가지 않았다.

그는 숲 입구에서 수하들의 보고가 올라오길 기다렸다.

원래 그는 언제 어디서나 앞장서는 자였다.

하지만 이번만큼은 그가 홀로 뒤에 남았다.

왜인가?

아무리 생각해도 이해가 되지 않은 탓이다.

어째서 침입자가 탈출로를 전혀 찾을 수도 없는 절벽 아래로 향한 것일까?

절벽을 타고 오르기 위해서?

그건 절대로 불가능하다.

상대가 인간인 이상 저 절벽을 타고 오를 수는 없다. 혈마존도 불가능한 일이다.

차라리 하늘을 나는 것이 쉬우리라.

그렇다면 침입자가 이곳으로 향한 이유는 단 한 가지.

기만책이다.

모든 인력을 북서쪽 숲으로 몰아넣은 다음 남쪽으로 달아날 작정인 것이다.

침입자가 야월이라는 것을 모르는 그로서는 당연한 판단이었다.

때문에 추검수는 숲 입구에서 꿈쩍도 하지 않고 기다렸다.

대신 생각했다.

이곳으로 들어온 침입자가 어떻게 이곳을 빠져나갈 것인가?

한 가지 떠오르는 생각이 있다.

숲속에서 비혈대원 한 명을 제압한 다음 옷을 갈아입고 빠져나가는 방법이다.

하지만 그러기엔 숲이 넓은 편이 아니다.

제아무리 은신술과 경신법이 뛰어난 자라지만 이 좁은 곳에서 귀신처럼 그런 일을 해치울 수 있을까?

'간만에 물건이 들어왔군.'

아니, 틀렸다.

간만이 아니라 처음이다.

지금까지 외야에 침입한 자는 있지만, 내야까지 들어온 침입자는 처음이다.

그때,

쒜에에엑!

허공을 찢는 소리!

추검수가 번개처럼 몸을 비틀며 손을 휘둘렀다.

타악!

그가 앞을 스쳐가는 무언가를 재빠르게 손으로 낚아챘다.

그의 손에 잡힌 것은 짧고 가는 화살.

화살촉 부위에 천 조각이 묶여 있었다.

'이건……?'

분명 비혈대 육조가 사용하는 석궁의 화살.

비혈대 육조는 서른 명의 석궁수로만 이루어졌다.

그들은 현재 침입자가 탈출할 것을 대비해 남쪽의 경계를 맡고 있었다.

한데 어째서 육조원의 화살이 자신을 향해 날아왔을까?

육조원이 침입자에게 당했을 가능성이 컸다.

화살이 날아온 방향을 살폈지만 이미 종적을 감춘 상태.

추검수는 미간을 구기고 천 조각을 풀어보았다.

검은 천에 적힌 혈서.

지객당. 혼자 올 것.

추검수는 천 조각을 쥔 채 부르르 떨었다.

침입자 주제에 감히 이런 대담한 짓을 벌이다니.

분노와 함께 호기심이 일었다.

도대체 상대는 누군가?

자신을 비롯한 비혈대 대부분을 따돌렸으면 내야를 벗어나 달아나는 것이 최선책이다.

한테 석궁을 쏘아 유인하고 있다.

미치지 않고서야!

우우웅! 팟!

추검수가 내력을 운기하자 천 조각이 갈가리 찢어지며 먼지처럼 흩날렸다.

마침 숲에서 장옥영이 걸어왔다.

"무슨 일이십니까?"

"아무것도 아니다. 뭔가 나왔나?"

"절벽 아래에서 놈의 흔적이 지워졌습니다."

"숲에 아직 숨어 있을 가능성이 있으니 더 살펴 봐. 나는 개인적으로 알아보겠다."

"존명."

장옥영이 숲으로 들어가는 것을 본 추검수는 곧장 몸을 날렸다.

혈마교 내야에 위치한 지객당.

대체로 권위 있는 강호 인사가 혈마교를 방문했을 때 머무는 곳이지만 현재는 비어 있는 상태였다.

어두컴컴한 대청.

끼이이익.

문짝이 신음을 내지르며 천천히 열렸다.

비스듬히 비쳐든 달빛에 길게 늘어진 그림자.

빛을 등지고 대청 입구에 나타난 자는 바로 추검수였다.

그가 문을 완전히 열어젖히자 대청 끝까지 빛이 미끄러졌다.

마침 벽을 등진 누군가의 하반신이 드러났다. 그 곁에는 추검수의 예상대로 비혈대 육조원 한 명이 쓰러져 있었다.

추검수가 어둠 속의 상대를 향해 나직이 말했다.

"간이 부은 놈이구나."

상대가 천천히 걸어왔다.

이제 빛이 그의 얼굴까지 비쳤다.

하지만 얼굴을 가린 복면.

복면인이 추검수를 보며 물었다.

"혼자 왔나?"

"그래서 다행이라고 생각하나?"

추검수의 반문에 복면인이 고개를 끄덕였다.

"물론."

"후후. 그 생각이 곧 바뀔 것이다."

"그건 두고 봐야 알 일이지."

"제법 자신이 있나보군."

추검수가 입꼬리를 말아 올렸다.

그가 말을 덧붙였다.

"날 보자고 한 이유가 있을 것 같은데?"

"부탁이 있어서."

"부탁?"

추검수가 이맛살을 구겼다.

　대답을 듣는 즉시 몸을 날려 놈의 급소를 찌를 생각이었다. 가능하면 일격에 기절을 시키고, 여의치 않으면 죽일 생각이었다.

　한데 전혀 예상치도 못한 대답.

　침입자가 수색자에게 부탁을 한다?

　복면인이 말을 이었다.

　“이 상황을 벗어날 수 있도록 나를 좀 도와줬으면 해.”

　추검수가 복면인을 가만히 노려보았다.

　이건 정신이 나간 놈인가?

　아무리 냉정한 추검수라도 이 얼토당토 않는 이야기에 잠시 멍한 기분이 들었다.

　결국 그의 머릿속에 든 생각은 하나.

　“미쳤군.”

　“그래, 정말 미칠 지경이다.”

　복면인이 한숨을 푹 내쉬었다.

　추검수가 다시 물었다.

　“미친놈을 도울 생각 따위는 없다면?”

　복면인이 가만히 생각하더니 대답했다.

　“할 수 없지. 죽일 수밖에.”

　“후후. 날 죽일 자신이 있나?”

　“아니. 혈마교주를 죽일 생각이야.”

　“건방진!”

　타앗!

찰나지간 추검수의 신형이 빛살처럼 튀어 나갔다.

순식간에 복면인 앞에 다다른 그가 왼손을 쭉 뻗어 상대의
목을 움켜잡았다.

그야말로 눈 깜빡할 사이에 벌어진 일.

"큭!"

복면인이 고통스런 신음을 흘렸다.

귀신처럼 찢어진 눈으로 추검수가 으르렁거렸다.

"더 이상 미친 소리를 들을 가치도 없구나."

"끄윽……! 끅……."

"죽이기 전에 낯짝이나 봐주마."

추검수가 상대의 복면을 거칠게 벗겨냈다.

그 순간 달빛을 받고 훤히 드러난 얼굴.

"……!"

추검수는 몸을 움찔 떨고는 손을 놓았다. 마치 뒤통수라도
얻어맞은 표정.

"어, 어떻게……."

눈을 크게 뜨고 입을 쩍 벌린 그가 주춤주춤 뒷걸음질로 물
러났다.

한편 바닥에 떨어진 상대는 엎드린 채 거칠게 숨을 몰아쉬
었다.

"허어억! 허억! 콜록! 콜록!"

추검수가 간신히 목소리를 쥐어짰다.

"교, 교주님…?"

“허억, 허억. 그래, 나야. 과연 그대가 내 충복이라더니… 틀린 말은 아닌 모양이군.”

“어, 어째서 교주님께서…….”

“사정이 좀 복잡해.”

그러고도 한참을 멍하니 서 있던 추검수가 어느 순간 정신을 차리고 물었다.

“정말… 교주님이십니까?”

“그렇다니까.”

확실하다.

이전의 교주라면 분명 이런 말투를 쓰지 않았을 것이다.

하지만 최근 기억을 상실한 혈마존은 말투가 달라졌다.

지금의 저 말투.

요즘 혈마존이 쓰는 말투와 똑같았다.

만약 다른 자가 혈마존의 가면을 쓴 것이라면 예전의 말투를 사용했을 것이다.

그럼에도 안심할 수는 없는 일.

추검수가 물었다.

“송구합니다만 교주님의 맥을 짚는 것을 허락해 주시겠습니까?”

야월은 앉은 자세로 숨을 몰아쉬며 말없이 팔을 내밀었다.

추검수가 얼른 다가와 그의 맥을 짚었다.

‘수라혈마공!’

분명 상대의 몸에서 수라혈마공이 느껴졌다.

혈마존이 틀림없다.

추검수가 털썩 무릎을 꿇더니 바닥에 이마를 찧었다.

쿠웅!

"속하! 죽을죄를 지었습니다! 교주님, 죽여주십시오!"

"내가 추 대주를 죽여서 뭐하겠어? 그만 일어나. 오히려 추 대주의 충심을 알게 돼서 안심이야."

"하지만 그런 무례한 짓을……."

"일어나. 명령이야."

"예, 교주님."

추검수가 곧장 몸을 일으켰지만 얼굴에 드러난 송구한 표정은 어쩔 수 없었다.

그가 야월의 몸을 살피며 물었다.

"다치신 곳은 없으십니까?"

"어깻등을 조금 베였는데 큰 상처는 아냐."

깜짝 놀란 추검수가 야월의 등을 살폈다.

어깨쯤에 두 뼘 정도 찢어진 옷자락.

야월의 말과 달리 상처는 생각보다 깊었다.

"감히 누가 이런 짓을!"

"후후. 그 상황에서는 어쩔 수 없었겠지. 그보다 추 대주가 나를 좀 도와줘야겠어."

"하명하십시오, 교주님!"

추검수가 하쪽 무릎을 꿇으며 대꾸했다.

第九章
역시 사람은 있을 곳에 있어야 해

혈마전 입구.

침입자가 내야까지 들어왔다는 소식에 혈마전 입구를 지키는 수문 무사들은 기합이 바짝 들어가 있었다.

그중에서도 유독 긴장한 것으로 보이는 한 사람.

그는 나흘 전 입문생들을 교육하고 훈련시키는 수마당(修魔堂)에서 발탁된 소진풍(蕭振風)이었다.

입문생들 사이에서도 성적이 썩 우수하지 않은 그였기에 이곳에서는 그야말로 하룻강아지나 다름없는 신세였다.

그때 두툼한 손이 그의 등을 툭 쳤다.

"허업!"

헛바람까지 삼키며 기겁을 하는 소진풍.

그가 고개를 돌려보니 턱수염이 덥수룩한 수문장 전횡(田
橫)이 입꼬리를 치켜 올렸다.

"뭘 그리 놀라?"

"후우, 제발 그러지 마십시오."

"내가 뭘?"

"그렇잖아도 지금 잔뜩 긴장하고 있는데 놀라면 담 걸린단
말입니다."

"쯧쯧. 어디 그래서야 잘도 싸우겠다. 적이 나타나면 담부
터 걸릴 놈이구먼! 긴장 풀어, 인마!"

"내야에 침입자가 있다는데 어떻게 긴장을 풀겠습니까?"

"네가 긴장하면 침입자가 사로잡혀 준다냐?"

"그 말이 아니지 말입니다."

"그럼 왜 네가 긴장해?"

"그 침입자가 혈마전으로 올지도 모르지 않습니까?"

"아서라, 그런 일은 없다."

"어떻게 장담하십니까?"

"미치지 않고서야 죽을 자리를 골라 오겠냐? 여기가 어딘
줄 알고? 너 같으면 여기로 올 것 같으냐?"

"그거야… 뭐……."

소진풍이 뒤통수를 긁적이며 우물거렸다.

사실 전횡이 틀린 말을 한 것은 아니다.

침입자가 미치지 않고서야 이곳으로 오겠는가?

혈마전 입구는 총 열 명의 수문 무사가 지킨다.

하지만 무서운 것은 이 열 명이 아니다.

지금 어딘가에 있을 보이지 않는 절정 고수들. 어찌 보면 그들이야말로 진정한 수문 무사들이다. 그들 하나하나의 실력을 놓고 보자면 모두 수문장 전횡보다도 몇 수 웃도는 실력.

어떤 의미에서 수문 무사들은 그저 보기 좋은 겉치레에 불과했다.

그럼에도 실전이 처음인 소진풍으로서는 긴장되는 것이 당연한 일.

"아무튼 이곳으로 오지 않았으면 좋겠네요."

그러자 전횡이 그의 뒤통수를 딱 때렸다.

"아얏! 왜 때리십니까?"

"이 멍청아! 이왕이면 이곳으로 오길 바라야지."

"그건 또 왜 그렇습니까?"

"그래야 내가 그놈을 잡아서 공을 세울 수 있지!"

소진풍이 의심스런 눈초리로 전횡을 흘겨보았다.

"정말 그럴 수 있습니까?"

"물론! 너 지금 내 실력을 의심하는 거냐?"

"그건 아닙니다만……."

"다만?"

"아무것도 아닙니다."

전횡이 픽 웃었다.

사실 그 역시 소진풍과 비슷한 마음이었다.

침입자가 혈마전으로 와서 좋을 일은 없다. 수문 무사로서 침입자를 막으면 본전이지만, 만에 하나 뚫려 버리면 끝장이다. 아무리 수문각이 겉치레일 뿐이라도 책임을 완전히 면할 수는 없는 법.

하지만 긴장한다고 일이 풀리겠나?

그가 소진풍에게 이처럼 농담을 하는 것은 수문 무사들의 긴장을 풀어주기 위해서였다.

'이왕이면 비혈대가 놈을 잡아주면 좋겠는데…….'

전횡이 생각에 잠겨 있는데 소진풍이 불렀다.

"각, 각주님?"

"왜?"

"저, 저기에……."

소진풍이 눈을 크게 뜨고는 전방을 주시했다.

그의 시선을 쫓아간 전횡이 입을 척 벌렸다.

"뭐, 뭐야? 저건……."

흑립을 눌러 쓰고 검은 피풍의를 두른 사내들. 그들 모두 허리춤에 두 뼘 정도 길이의 짤막한 석궁을 장착하고 있었다. 그리고 제일 선두에 서서 칼처럼 날카로운 기도를 뿜어내는 남자.

비혈대주 추검수가 틀림없었다.

그렇다면 그를 따르는 석궁수들은 분명 비혈대 육조.

전횡이 그들에게 시선을 고정한 채 소진풍의 등을 툭 쳤다.

"야."

"예?"

“가서 군사님께 알려.”

“뭐, 뭐를…….”

“비혈대가 왔다고! 혈마전으로 들어갈 것 같다고.”

“혈마전 안으로 들어간다고요?”

“어서!”

“예, 옙!”

소진풍이 몸을 돌려 헐레벌떡 달려갔다.

전횡은 그가 달려가는 모습을 보고는 다시 고개를 돌렸다.

이윽고 비혈대가 문 앞에 다다랐다.

수문 무사들이 그들의 앞을 가로막았다.

추검수가 멈춰 서서 무뚝뚝한 목소리로 말했다.

“비혈대주 추검수다. 길을 열어라.”

이번에는 수문각주 전횡이 나섰다.

“안녕하십니까? 대주님. 수문장 전횡입니다.”

“수고가 많소.”

“한데… 혈마전에는 무슨 용무로…….”

전횡이 추검수 뒤로 늘어선 육조원들을 보며 말을 꺼냈다.

현재 육조원 전원이 중무장한 상태.

물론 비혈대는 무장한 채로 혈마전에 들어갈 수 있다.

하지만 지금까지 그런 적은 거의 없었다.

만약 무장 세력이 들어가게 되면 정확한 이유와 납득 가능한 목적이 있어야만 했다.

더구나 지금처럼 비상 상황에서는 아무리 비혈대라도 정확한 이유없이 혈마전으로 들어갈 수는 없는 법.

추검수 역시 예상을 한 것인지 불편한 기색 없이 대답했다.

한데 그 대답이 가히 충격적이었다.

"비혈대 육조원을 이끌고 혈마전을 수색해야겠소."

"수색이라니… 어째서……."

"우리가 알아본 결과 침입자가 혈마전에 잠입한 것 같소."

"그럴 리가!"

전횡이 저도 모르게 소리쳤다.

침입자가 혈마전에 잠입하다니.

전횡이 다시 말을 이었다.

"뭔가 잘못 알고 계신 것 아닙니까?"

"그럴 수도 있겠지. 하나 지금으로서는 가능성이 있는 만큼 수색을 해야만 하오."

"물론 대주님께서도 잘 알고 계시겠지만, 이곳에 몰래 잠입하는 것은 어려운 일입니다. 보이지 않는 눈도 많은데……."

보이지 않는 눈이란 은신한 채 경계를 서는 무인들을 일컬은 것이다.

하지만 추검수는 물러서지 않았다.

"놈은 본교 외야를 뚫고 내야까지 잠입한 놈이오. 게다가 청운각에서 유소옥을 데리고 탈출하려고 했지."

말을 마친 추검수가 전횡을 빤히 바라보았다.

전횡은 잠시 망설이다 무겁게 입을 열었다.

"알겠습니다. 길을 열어 드려라."

“옙!”

수문 무사들이 좌우로 갈라섰다.

수문장으로서는 더 이상 비혈대를 막아설 명분이 없었다.

추검수가 육조원을 이끌고 혈마전 안으로 들어섰다.

그때,

“추 대주, 무슨 일이죠?”

맑고 고운 음성.

추검수를 향해 사뿐사뿐 걸어오는 여인은 바로 초비향이었다.

“부득이 혈마전을 수색해야 할 것 같습니다. 침입자가 혈마전에 잠입했다는 정보가 있습니다.”

추검수가 앞서 전횡에게 했던 이야기를 다시 늘어놓았다.

이야기를 전해들은 초비향이 이맛살을 슬쩍 구겼다.

“믿을 만한 정보인가요?”

“제가 생각할 때도 확률은 낮습니다. 그래서 육조원만 이끌고 왔습니다. 만에 하나를 대비해서입니다. 교주님은 지금 어디에 계십니까?”

“마경각에 계세요.”

“그럼 우선 교주님의 안위를 위해 그곳부터 가보겠습니다.”

추검수가 거침없이 나오니 초비향으로서도 마땅히 막을 방법이 없었다.

한데 아무리 생각해도 이상했다.

침입자가 혈마전에 잠입하다니.

그 목적이 무엇이란 말인가?

유소옥을 구출하려다가 뜻대로 되지 않자 교주님을 암살하기로 결심한 것일까?

뭔가 자연스럽지가 않다.

그렇다면 탈출하기 위해 교주님을 인질로 삼으려는 것일까?

그야말로 어리석은 짓.

물론 지금의 교주님이 기억상실에 걸렸다는 것을 아는 자라면 생각해볼 만한 방법이다.

하지만 교주님의 상태를 아는 사람은 본교 내에서도 극소수다.

도대체 왜?

침입자가 왜 혈마전으로 들어온단 말인가?

하지만 다른 사람도 아닌 비혈대주 추검수의 말이다.

그만은 교주님의 절대적인 충복이다.

만약 그가 교주님으로부터 등을 돌린다면 혈마교 내에 더 이상의 충복은 없을 것이다.

혈마존의 생각도 그러했고, 밀선당에서 분석한 결과도 그랬다.

과거에 혈마존이 초비향에게 질문한 적이 있다. 본교에서 자신이 가장 믿을 만한 충복 한 명을 고르라면 누구라고 생각하냐고.

그때 초비향은 두 사람을 떠올렸다. 수라십팔조장 구비검과 비혈대주 추검수.

이중에서도 그녀는 추검수를 으뜸으로 내세웠다.

그는 그런 자다.

그러니 의심할 수가 없다.

초비향이 이내 몸을 돌렸다.

"따라오세요."

그녀가 앞장섰다.

마경각주 송자겸은 목석이었다.

그는 마경각 입구에 말뚝이라도 박은 듯 꿈쩍도 하지 않았다.

커다란 검을 지팡이처럼 두 손으로 모아 짚고 눈을 지그시 감은 송자겸.

초비향이 목소리를 높였다.

"정말 답답하시군요! 적이 잠입했을지도 모를 상황에서도 원칙고수라뇨?"

"원칙은 지키기 위해 세운 것입니다. 어느 때든 무너질 수 있는 원칙 따위는 없느니만 못한 것입니다. 군사님."

"송 각주의 말 잘 알겠어요. 하지만 지금은 교주님의 안위가 우선 아닌가요? 그 원칙도 교주님을 위해 만든 거라는 걸 모르시나요?"

"정확히 말씀드리자면 교주님의 안위를 위해 만든 원칙은 아닙니다. 교주님의 사생활 보호를 위해 만든 원칙입니다. 원칙이 세워진 이유부터 다릅니다."

"이런 답답한! 교주님이 위험해지면 그 사생활도 없어지는 건 자명한 이치 아닙니까!"

초비향이 눈썹을 성큼 치켜 올리며 화를 냈다.

송자겸의 낯빛이 어두워졌다.

그는 마경각을 둘러 싼 인원을 고스란히 느꼈다.

비록 눈이 보이진 않으나 절정 고수의 반열에 오른 송자겸.

굳이 남이 말해주지 않아도 비혈대 육조원의 기운을 어렴풋 느낀 것이다.

추검수가 나섰다.

"송 각주님. 부탁드리겠습니다. 이번 일로 교주님께서 책임을 물으신다면 제가 모두 감수하겠습니다. 마경각을 수색할 수 있도록 허락해주십시오."

"말도 안 될 소리!"

이윽고 송자겸도 사자후까지 터뜨리며 거부했다.

그의 천둥같은 목소리가 장내에 쩌렁쩌렁 울렸다.

그가 이처럼 완강하게 나오자 초비향과 추검수도 난감한 기색이었다.

송자겸이 말을 이었다.

"비혈대주는 이곳이 어딘 줄 잊었소? 절대 비밀을 보장해야 하는 마경각이외다! 교주님 이외에는 아무도 들어갈 수 없소! 마경각주인 나조차 함부로 들어갈 수 없는 곳! 한데 추 대주가 들어가겠다니! 그건 나에 대한 도전을 넘어서 교주님에 대한 반역이오!"

“하나 사태가 심상치 않습니다. 송 각주님!”

추검수도 쉽게 물러서지 않았다.

마침내 송자겸이 대검을 뽑아들었다.

스르릉!

“누구든 들어라! 나 송자겸은 교주님의 뜻을 받들어 이곳 마경각을 목숨 걸고 지킬 것이다! 누구든 내 목을 썰기 전까지는 마경각의 문턱을 넘어설 수 없으리라!”

사자후에 이어 흉흉한 마기가 바람처럼 불며 장내를 휩쓸고 지나갔다.

추검수가 이맛살을 슬쩍 구겼다.

“정녕 이렇게까지 하셔야겠습니까? 송 각주님.”

“추 대주! 자네에게 실망이 많군! 그래도 교주님의 충복이라 믿었건만! 그대는 교주님의 말씀이 곧 자네의 의지가 아니었던가? 이 정도의 소란으로 그처럼 의지가 무너지는 것은 부끄러운 일이네!”

그러자 이번에는 초비향이 나섰다.

“만약 침입자가 마경각 안으로 들어갔다고 해도 같은 말씀을 하실 수 있겠어요?”

“그렇다면 교주님께서 처단하셨을 거요.”

당연한 말이다.

혈마교주가 누군데 침입자 따위에게 당하겠나?

하지만 초비향의 생각은 달랐다.

현재 교주의 상태를 누구보다도 잘 알고 있는 그녀.

지금의 교주는 절정에 이른 무인도 이기기 힘든 상태다.

많은 비밀을 알고 있는 그녀로서는 불안할 수밖에 없었다.

"만약 교주님이 수련에 몰두하고 계셨다면요? 암살은 정당한 대결과 많은 부분이 다르다는 것을 송 각주도 알고 계실 텐데요."

"끄음."

송자겸이 침음을 흘렸다.

그가 잠시 뜸을 들이다 말을 이었다.

"상대가 얼마나 뛰어난 은신술을 쓰는지 알 수는 없지만 이곳을 지키는 무인은 한둘이 아니오. 마경각 안으로는 절대 들어갈 수 없다고 내 장담하겠소. 하나 일이 잘못됐다면 모든 책임을 내가 지겠소, 군사!"

그러자 추검수가 말했다.

"좋습니다. 그럼 한 가지 부탁이 있습니다."

"뭔가?"

"이곳을 지키는 자들을 모두 불러주십시오. 그들이 모두 무사한지 확인하고, 그들의 증언을 확실히 듣는다면 저 역시 더 이상 고집을 피우지 않겠습니다."

"그 말 책임질 수 있는가?"

"물론입니다."

"좋아, 받아들이지."

송자겸이 허공을 향해 소리쳤다.

"마령(魔靈)들은 모두 내 앞에 모습을 보여라!"

그러자 송자겸 앞으로 스무 명의 인영이 비처럼 떨어져 내렸다.

검은 경장에 두건을 착용한 마령들. 허리춤에는 까맣게 물든 환도를 패용했고, 양팔에도 흑빛 비수를 차고 있었다.

이들은 마경각을 지키는 자들로 마령이라 불리는 무인들.

철저하게 은신을 한 채 누구든 마경각 안으로 들어서는 자를 암살하는 자들이다.

마령은 모두 스무 명.

인원은 이상이 없었다.

송자겸이 마령들 중 한 명에게 물었다.

"일령(一靈), 마경각을 지키면서 누군가 들어가는 것을 보았나?"

"없습니다."

"만약 그 말에 허점이 있을 시에는 네 목을 내놓아야 할 것이다. 분명 잠입한 자가 없는가?"

"없습니다."

일령이라 불린 사내는 일말의 망설임도 없이 대답했다.

송자겸이 보란 듯이 추검수 쪽으로 고개를 돌렸다.

추검수가 이번에는 초비향을 보며 말했다.

"그들도 불러서 확인했으면 합니다."

초비향은 누굴 뜻하는지 단번에 알았다.

교주가 부재할 시에는 오로지 그녀만이 제한적인 명령을 내릴 수 있는 자들.

“수라십팔조도 나와 주시기 바랍니다.”

그녀의 낭랑한 목소리에 수라십팔조가 후두둑 떨어지듯 내려섰다.

모두 열여덟 명.

수라십팔조장 구비검이 질문이 나오기도 전에 대답했다.

“지금껏 마경각을 지켰으나 잠입자는 없었습니다.”

두 수장의 확신에 추검수는 무겁게 고개를 끄덕였다.

갑자기 서른여덟 명이 장내에 나타나자 기존에 있던 비혈대 육조원까지 포함해 마경각 앞마당은 무인들로 북적였다.

그런데 비혈대 육조원 중 한 명.

그의 행동이 조금 이상했다.

그는 주위를 두리번거리며 살피더니 어느 순간 재빨리 몸을 날렸다.

무척 과감하고 민첩한 행동.

그 찰나의 순간을 추검수는 놓치지 않았다.

하지만 더 이상한 것은 추검수 역시 육조원의 이탈 행위를 모른 척 묵과했다는 점.

대신 추검수는 마령들과 수라십팔조에게 이런저런 질문을 이어갔다.

그랬다.

자리에서 이탈한 육조원.

그가 바로 야월이었다.

추검수가 그들과 대화를 나누는 동안 야월은 묘도보법을 펼처 눈 깜빡할 사이에 송자겸의 등 뒤로 돌아갔다.

마경각을 지키던 무인들을 모두 한자리에 불러 모은 것도 이 때문.

일시적이나마 모든 이들의 시선이 추검수와 초비향에게 집중되어 있으니 야월은 몸을 움직이기가 한결 수월했다. 게다가 숱한 군중들 사이에서도 몸을 숨길 수 있는 묘도보법이 그에게 있었다.

그래도 방심은 금물.

비록 송자겸이 앞을 보지 못하는 맹인이라고는 하나 누구보다도 기감이 뛰어난 자.

야월은 최대한 송자겸과 동일한 호흡과 기의 흐름을 유지했다.

한줄기 미풍을 느낀 송자겸이 뒤를 슬쩍 돌아보았지만 더 이상은 아무것도 느낄 수 없었다.

이미 야월은 송자겸의 완전한 그림자가 된 상태.

모든 사람을 앞두고 선 송자겸이었기에, 야월은 어렵지 않게 은신 상태를 유지했다.

'이제 마지막 한 번……!'

야월은 가만히 기회를 노렸다.

그의 영력이 그 어느 때보다도 민감하게 운기됐다.

찰나, 그가 미리 준비해 둔 단추를 손가락으로 튕겨 날렸다.

쒜에엑!

챙그랑!

허공을 가르며 날아간 단추가 장내 입구에 걸린 등을 깨뜨렸다. 순간 모든 이의 시선이 그곳으로 향했다.

추검수가 날카롭게 외쳤다.

"거기 누구냐?"

추검수가 빠르게 명을 내렸다.

"모두 흩어져서 침입자를 수색한다! 한 식경이 지나도 발견되지 않으면 내야의 지객당으로 집합한다!"

"존명!"

비혈대 육조원들이 일제히 대답하며 흩어졌다.

추검수가 초비향을 돌아보며 말했다.

"아무래도 마경각엔 없는 것 같군요. 수색이 끝나는 대로 혈마전에서는 전원 철수할 것입니다."

"그래요. 꼭 잡아야 합니다."

초비향이 거듭 강조했다.

추검수가 어딘지 쓴웃음을 지으며 답했다.

"알겠습니다."

그가 돌아가자 초비향이 수라십팔조에게 명을 내렸다.

"임무를 계속하세요."

수라십팔조가 다시 거짓말처럼 모습을 감췄다.

송자겸 역시 마령들에게 경계를 철저히 하도록 지시했다.

그는 뽑았던 검을 검집에 챙겨 넣으며 몸을 슬쩍 틀었다.

'그런데 방금 전 그것은……'

등이 깨지기 직전, 분명 등 뒤에서 불어나간 미세한 바람을 느꼈다.

기분 탓이었을까?

그의 등 뒤에는 아무도 없었다.

하지만 그는 알 수 없었다.

마경각의 문이 아주 조금 열려 있던 것을.

그 문이 굼벵이처럼 느린 속도로 천천히 닫히는 중이라는 것을.

"흐아!"

야월은 가까스로 참았던 숨을 토해냈다.

잠시나마 쫄깃하게 굳었던 심장이 느슨하게 이완되고 있었다. 그는 다시 한 번 닫힌 문을 확인했다.

다행히 문은 완전히 닫혔다.

기쁨의 눈물이 흐르는 순간.

마경각이 이리 반가울 줄이야.

이미 일층의 책장 절반이 쓰러지고 부서져 엉망진창이 된 실내. 하지만 그 어떤 곳보다도 마음이 편한 곳.

"휴우."

야월은 다시 한 번 안도의 숨을 내쉬었다.

모험이 끝났다.

잠깐 동안 주어진 자유는 그에게 혹독한 경험을 안겨주었다.

이제야 베인 어깨 부위가 지끈지끈 아파왔다.

야월은 흑립을 벗어두고 옷고름을 풀었다. 비혈대의 정복

안으로 원래 그가 입었던 옷이 드러났다.

"역시 사람은… 있을 곳에 있어야 해."

야월은 혼잣말을 중얼거리며 천천히 몸을 일으켰다. 생각보다 상처가 깊은지 시종 어깨가 욱신거렸다.

긴장이 풀리자 팔을 움직이는 것마저 힘들 정도.

'제길! 빌어먹을 교 대주. 적당히 할 것이지!'

야월은 욕지기를 뱉고는 기관이 설계된 곳으로 걸어갔다. 예상대로 기관 장치는 감쪽같은 모습으로 되돌아와 있었다.

야월은 다시 기관을 작동시켜 비혈대 정복을 그 안으로 던져두고는 되돌려 놓았다.

마침 종소리가 거칠게 울렸다.

딸랑딸랑! 딸랑딸랑딸랑딸랑!

야월이 한숨을 내쉬고는 입구로 걸어갔다.

"무슨 일이 있어도 저 종소리는 꼭 바꾸고 만다!"

＊　　　＊　　　＊

인공 연못에 낚싯대를 드리운 사천홍.

그의 곁으로 교릉이 다가섰다.

"오늘도 여전하시군요."

"후후. 할 일 없는 늙은이가 청승을 떠는 거지."

"제게 하실 말씀이 있으시다고……."

"그보다 자네 안색이 안 좋군."

사천홍의 말에 교룡의 표정이 흠칫 떨렸다.

사실 사천홍은 교룡을 한 번도 돌아보지 않았다.

단지 교룡이 내뱉는 호흡과 피부에 와 닿는 기감으로 그의 몸 상태가 심상치 않다는 것을 알아챈 것이다.

교룡이 주인에 대한 무한한 신뢰의 눈빛을 보내며 답했다.

"심려 끼쳐드려서 죄송합니다."

"밖이 시끄럽던데… 그 때문인가?"

"…예."

"유소옥을 구출하려고 했다지?"

"예."

"자네가 가장 먼저 발견했고?"

"그렇습니다."

"흐음."

사천홍이 침음을 흘리며 잔잔한 수면을 바라보았다.

"어떻던가?"

"…경공이 뛰어난 자입니다."

"정체는 알 수 없었단 말이군."

"…죄송합니다."

그때 허공에서 목소리가 들려왔다.

"궁주님, 비혈대가 침입자를 놓친 것 같습니다."

사천홍의 입가에 희미한 미소가 걸렸다.

그가 혼잣말처럼 중얼거렸다.

"듣던 중 반가운 소리군."

한편 교룡은 곰곰이 생각에 잠긴 표정이었다. 이번에도 사천홍은 돌아보지 않고 물었다.

"신경 쓰이는 거라도 있나? 교 대주."

"아, 죄송합니다. 잠시 생각을 해보느라……."

"말해보게. 뭐든. 자네의 감이 때론 도움이 될 때도 있으니."

교룡이 어렵게 입을 열었다.

"사실… 한 가지 마음에 걸리는 부분이 있습니다."

"침입자에 대해서 말인가?"

"예, 궁주님."

"걸리는 부분이라면?"

"단지 느낌일 뿐입니다만……."

"말해보게."

교룡의 입술이 달싹였다.

전음으로 사천홍에게 말을 전하는 것이다.

잠시 후 사천홍의 눈동자가 커졌다.

그가 입가에 가득 웃음을 그렸다.

"그거 아주 재미있군! 크하하하!"

그의 웃음소리가 밤하늘에 울려 퍼졌다.

『가면의 마존』 2권에 계속…